KB265880

수수께끼를 간직한 자연과 문화

〈수수께끼를 간직한 자연과 문화〉는
초등학교 교과서의 이런 단원과 관련이 깊어요

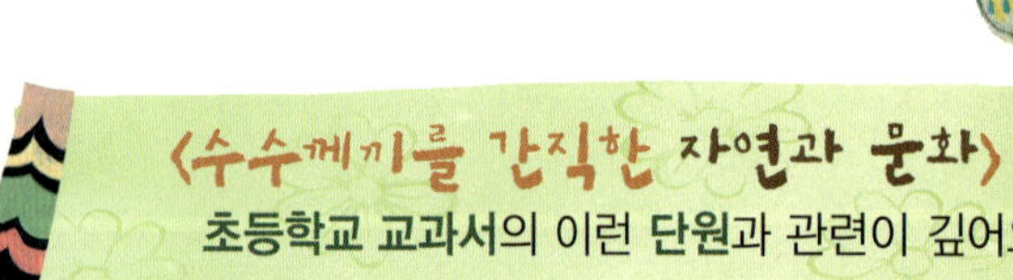

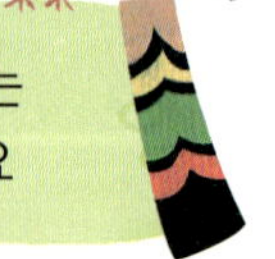

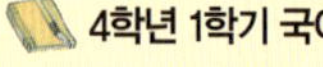

4학년 1학기 국어

7. 넓은 세상 많은 이야기
〈내 마음을 사로잡은 경주〉

2학년 2학기 바른 생활

3. 아름다운 우리나라

5학년 2학기 사회

3. 우리 겨레의 생활 문화
(1) 조상들의 멋과 슬기

수수께끼를 간직한 자연과 문화

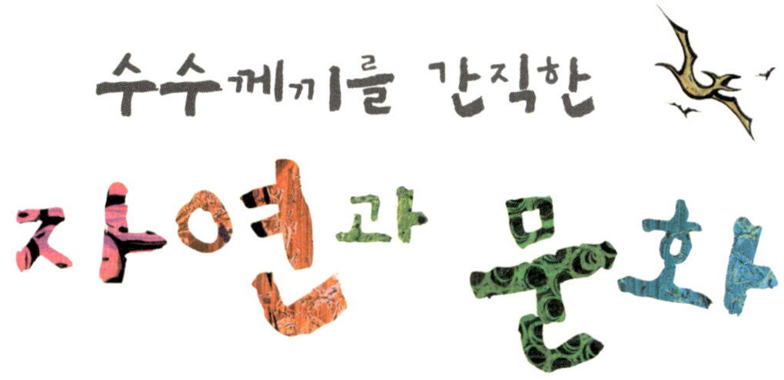

우리누리 글 · 정소영 그림

주니어중앙

어린이가 꿈을 키우는 터전

꿈 많은 어린 시절엔 장대한 역사와 위대한 문화유산에 관한
책을 읽는 것이 좋다.
거기에는 어린이가 꿈을 키우는 터전이 있기 때문이다.
감수성 예민한 어린 시절엔 흥미로운 그림을 통하여
재미있게 이야기를 풀어 간 책이 좋다.
그것은 시각적 인식을 통해 어린이의 상상력을 자극하기 때문이다.
『오십 빛깔 우리 것 우리 얘기』는 이런 필요조건을 갖춘
고급 어린이 교양도서라 할 만한 것이다.

유홍준

(전 문화재청장, 현 명지대 교수,
『나의 문화유산 답사기』 저자)

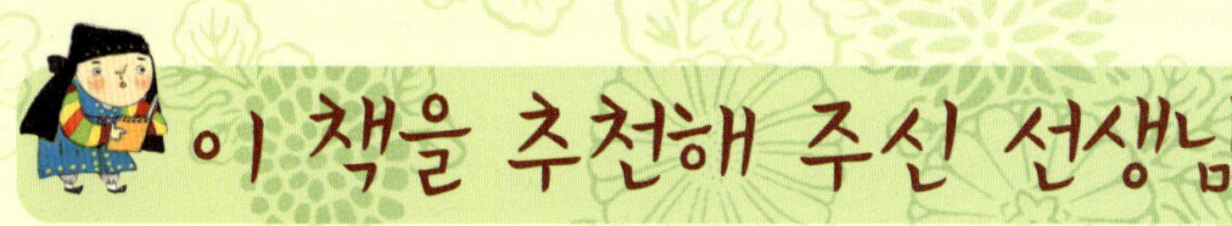

이 책을 추천해 주신 선생님들

●전래 놀이, 풍속과 관련된 수업에 활용하고 있습니다. 옛 풍속과 관련해서 요즘에는 잘 사용하지 않는 용어들이 있어서 아이들이 어려워하는데, 이 책에는 사진 자료와 함께 쉽고 정확하게 설명이 되어 있어 아이들이 이해하기 쉽게 되어 있습니다.
— 손영수 선생님(가사초등학교)

●아이들이 우리의 전통문화를 쉽게 접할 수 있도록 도움을 주는 소중한 자료입니다. 우리 학교의 독서 퀴즈 대회에서 매년 사용하는 책이랍니다.
— 성주영 선생님(도당초등학교)

●우리의 옛 풍습과 문화, 관혼상제 등에 대해 자세히 설명되어 있어 수업을 하기 전에 미리 읽어 오라고 하는 도서입니다.
— 전은경 선생님(용산초등학교)

●우리의 문화와 역사를 초등학생들이 이해하기 쉽도록 재미있는 옛이야기로 풀어낸 점이 가장 마음에 듭니다. 초등 교과와 연계된 부분이 많아 학교 수업에 많이 활용하는 도서입니다.
— 한유자 선생님(삼일초등학교)

김임숙 선생님(팔달초)	조윤미 선생님(화양초)	이경혜 선생님(군포초)	염효경 선생님(지동초)
오재민 선생님(조원초)	박연희 선생님(우이초)	박혜미 선생님(대평중)	이진희 선생님(수일초)
최정희 선생님(온곡초)	정경순 선생님(시흥초)	박현숙 선생님(중흥초)	김정남 선생님(외동초)
이광란 선생님(고리울초)	김명순 선생님(오목초)	신지연 선생님(개포초)	심선희 선생님(상원초)
문수진 선생님(덕산초)	정지은 선생님(세검정초)	정선정 선생님(백봉초)	김미란 선생님(둔전초)
김미정 선생님(청덕초)	조정신 선생님(서신초)	김경아 선생님(서림초)	김란희 선생님(유덕초)
정상각 선생님(대선초)	서흥희 선생님(수일중)	윤란희 선생님(안산시근로자시민문화센터어린이도서관)	

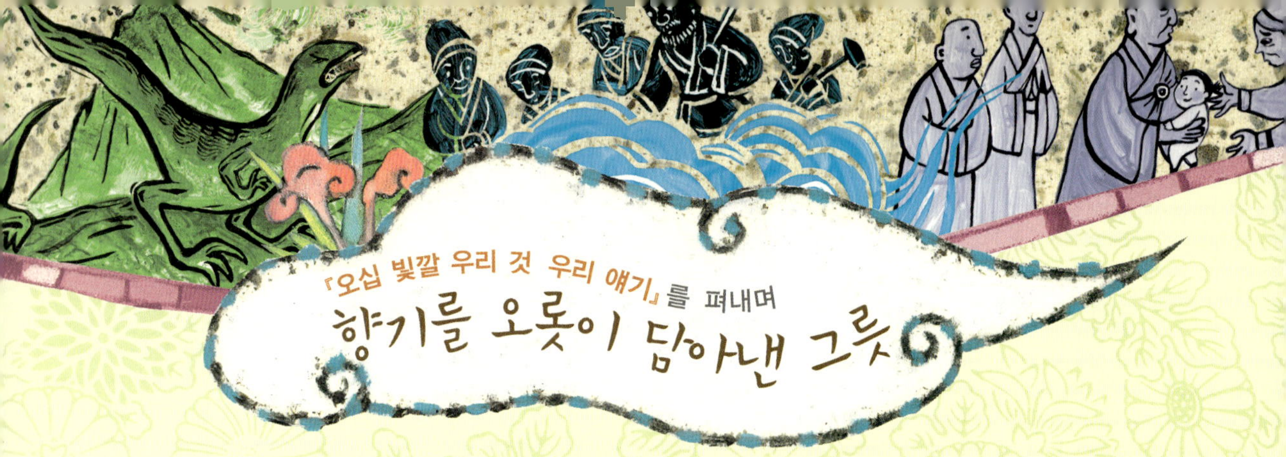

『오십 빛깔 우리 것 우리 얘기』 시리즈가 처음 출간된 지 어느덧 16년이 되었습니다. 그동안 수많은 어린이와 부모님 그리고 선생님들의 사랑을 받으며 전 50권이 완간되었고, 어린이 옛이야기 분야의 고전(古典)이자 스테디셀러로 굳건히 자리매김해 왔습니다.

이 시리즈는 '소중히 지켜야 할 우리 것'에 대한 이야기를 어린이를 위해 '쉽고 재미있게' 풀어쓴 책입니다. 내용으로는 선조들의 생활과 풍습 이야기, 문화재와 발명품 이야기, 인물과 과학기술·예술작품 이야기, 팔도강산과 고유 동식물 이야기 등 우리나라 역사와 전통문화 모든 영역을 총망라하고 있습니다. 그리고 이를 50가지 주제로 엮어 저학년 어린이도 얼마든지 볼 수 있도록 맛깔나는 옛이야기로 담아냈습니다. 장대한 역사와 위대한 문화유산을 배우기에 옛이야기만큼 좋은 형식도 없기 때문입니다.

대한민국 국민으로서 알아야 하고 전해야 할 우리 것, 우리 얘기는 아주 많습니다. 그동안 이 시리즈를 통해 많은 어린이가 우리 것을 알게 되고, 우리 얘기를 사랑하게 되었을 것입니다. 시간이 흘러도 역사와 전통문화의 향기는 변하지 않기 때문입니다.

하지만 저희는 그 향기를 담아내는 그릇이 그간 색이 바래고 빛을 잃었다는 사실에 가슴이 아프고 안타까웠습니다. 그래서 책에서 전하는 우리 것의 향기를 오롯이 담아낼 수 있는 새로운 그릇을 찾고자 하였습니다. 그 그릇을 통해 향기가 더욱 그윽해지고 멀리까지 퍼져서 수백 년, 수천 년 전의 우리 것이 오늘날에도 살아 숨 쉴 수 있도록 생명력을 주고자 하였습니다.

이에 몇 가지 원칙을 가지고 『오십 빛깔 우리 것 우리 얘기』 시리즈를 새롭게 출간하게 되었습니다.

◎ 원작이 가지는 옛이야기의 맛과 멋을 그대로 살렸습니다.

◎ 요즘 독자들의 감각에 맞추어 디자인과 그림을 50권 전권 전면 개정하였습니다.

◎ 교과 학습의 길잡이가 될 수 있도록 연계 교과를 표시하였습니다.

◎ 학습정보 코너는 유익함과 재미를 함께 줄 수 있도록 4컷 만화, 생생 인터뷰,
   묻고 답하기 등으로 내용을 재구성하였고, 최신 정보와 사진을 수록하였습니다.

◎ 도표, 연표, 역사신문, 체험학습 등으로 권말부록을 풍성하게 꾸며서
   관련 교과 학습을 강화하였습니다.

이 책을 처음 읽었을 8살 꼬마 독자는 지금쯤 나라와 민족에 긍지를 가진 25살 자랑스러운 대한민국 청년이 되었을 것입니다. 그 청년이 부모가 되어서도 자녀에게 다시 권할 수 있는 그런 책이 되기를 바라며, 이 시리즈를 오십 빛깔 그릇에 정성껏 담아 내어놓습니다.

주니어중앙

방방곡곡 숨어 있는 신비한 수수께끼

이 세상에는 우리가 알 수 없는 신비한 일들이 많이 있어요. 과학자들이 원인을 밝히려고 많은 연구를 했지만 도저히 풀 수 없었던 수수께끼들이 그러한 예이지요. 우리나라에도 그런 수수께끼들이 있어요. 땀을 흘리는 비석, 한여름에도 얼음이 꽁꽁 어는 얼음골 등이 바로 그 수수께끼의 주인공들이에요.

"말도 안 돼! 어떻게 돌로 만든 비석이 땀을 흘려요?"

여러분 가운데에는 이렇게 말하는 친구도 있을 거예요. 하지만 정말인걸요.

더욱 놀라운 일을 말해 볼까요? 진도라는 섬에 가면 바다가 두 갈래로 쫙 갈라지면서 길이 나타나요. 이 길을 진도 바닷길이라고 하지요. 바닷길을 따라서 걸어가면 무엇이 나올까요? 동화 속에 나오는 용궁이 나올까요?

우리나라에는 이 밖에도 전 세계의 사람들을 깜짝 놀라게 만든 또 하나의 수수께끼가 있어요. 바로 전라남도 고성에 남아 있는 수천 개의 공룡 발자국이 그것이에요.

이곳은 세계에서 세 번째로 공룡 발자국이 많이 발견된 곳이에요. 중국이나 미국처럼 땅이 넓은 것은 아니지만 당시 공룡들이 살기에 날씨가 좋았기 때문이라고 해요.

이처럼 아름다운 우리의 산과 강에는 신비하고 재미있는 수수께끼들이 쏙쏙 숨어 있답니다.

자, 그럼 이제 숨을 조그맣게 쉬세요. 책 속에 있는 수수께끼가 놀라서 달아나 버리면 안 되니까요. 그런 다음 살며시 책장을 넘기세요. 그러면 신비의 나라로 들어가는 문이 열릴 거예요.

어린이의 벗 우리누리

차 례

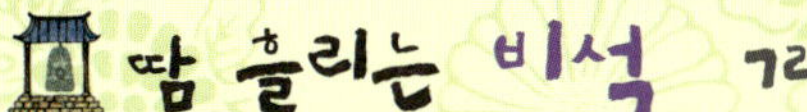

하룻밤 사이에 만든
천불 천 탑

전라남도 화순군에는 '운주사'라는 절이 있어요. 운주 사란 '구름도 쉬어 가는 곳'이라는 뜻으로 붙은 이름이에요.

운주사로 가는 길옆에는 불상들이 쭉 늘어서 있어요. 그리고 운주사 안에는 더 많은 불상과 돌탑이 있지요. 예전에는 자그마 치 천 개씩이나 있었는데, 오랜 시간이 지나면서 비바람에 망가 져 지금처럼 불상과 탑의 수가 줄어든 거라고 해요.

그런데 이렇게 많은 불상과 탑을 누가, 왜 만들었을까요? 여기 에 얽힌 재미있는 이야기 속으로 지금부터 들어가 볼까요.

먼 옛날 고려라는 나라가 세워질 무렵, 도선이라는 스님이 살 았어요. 도선 스님은 어렸을 때 당나라에 가서 공부를 할 만큼 똑 똑하고 지혜로웠어요.

도선 스님은 우리나라의 모습이 넓은 바다를 향해 나아가는 배 와 같다고 생각했어요.

'우리나라의 동쪽은 산이 많고 높아. 그래서 무척 무거워. 반대 로 서쪽은 논밭이 많아서 땅이 낮고 가볍지. 이렇게 땅의 무게가 서로 맞지 않으니까 배가 기울어 나라가 불안정하단 말이야. 이 대로 놓아두면 틀림없이 오랑캐들이 쳐들어올 거야. 그러 지 못하게 막을 수 있는 좋은 방법이 없을까?'

　　도선 스님은 몇 날 며칠을 고민했어요. 그런 끝에 운주사가 있는 곳에 돌탑 천 개와 돌부처 천 개를 만들기로 했지요.
　　'돌탑과 돌부처를 천 개씩 모아 놓으면 이곳이 엄청나게 무거워질 거야. 그렇게 되면 서쪽이 전보다 훨씬 무거워져서 동쪽과 서쪽의 무게가 비슷해지겠지. 그러면 배가 기울지 않게 되어 나라가 안정될 테니 오랑캐들도 쳐들어오지 못할 거야.'

　도선 스님은 나라를 지킬 수 있게 해 달라고 부처님께 기도를 올렸어요. 그런 다음 동자 한 명을 데리고 산 위로 올라갔어요. 동자란 스님이 되려고 절에서 공부하는 사내아이를 말해요.

　"하늘 나라에 계신 분들이여! 이곳으로 내려와서 돌탑 천 개와 돌부처 천 개를 만들어 주십시오!"

　도선 스님은 팔을 번쩍 들어 올리고 소리쳤어요. 그러자 도선 스님의 외침을 들은 하늘 나라 사람들이 구름을 타고 운주사로 내려왔어요. 그 사람들은 바로 돌로 불상과 탑을 만드는 석공들이었지요.

"지금부터 내일 새벽에 닭이 울 때까지 돌탑 천 개와 돌부처 천 개를 만들어 주십시오."

도선 스님의 부탁에 하늘 나라의 석공들은 힘차게 고개를 끄덕였어요. 그러고는 징과 망치로 바위를 두드리고 다듬어 돌탑과 돌부처를 하나둘 만들기 시작했지요.

동자는 석공들 사이를 오가며 작은 돌들을 옮겼어요.

'아, 힘들어. 빨리 해가 떠서 닭이 울었으면 좋겠다.'

동자는 점점 일하는 게 귀찮아졌어요. 하지만 아무리 일을 해도 해는 떠오르지 않았어요. 도선 스님이 도술을 부려서 해가 떠오르지 못하도록 붙잡고 있었거든요.

'해가 떠오르면 하늘 나라 석공들은 일이 끝나지 않아도 돌아가 버릴 거야. 그러니 일을 마칠 때까지 해를 꼭 붙들고 있어야지.'

시간은 계속 흘러서 하루가 훌쩍 지나가 버렸어요. 석공들은 그제야 일을 거의 마칠 수 있었어요. 도선 스님은 만족스러워하면서 붙들고 있던 해를 놓아 주었어요.

　도선 스님에게서 풀려난 해는 천천히 앞산 위로 떠올랐어요. 그 모습을 본 동자는 얼른 "꼬끼오." 하고 닭 울음소리를 흉내 냈어요. 해가 떠오르려면 아직 더 있어야 하는데도 말이에요. 동자가 일하기 싫어서 꾀를 부린 것이었지요.

　"닭이 울었어."

　"새벽이 되었으니 어서 하늘로 올라가야지."

석공들은 하던 일을 멈추고 하늘 나라로 돌아갔어요. 이렇게 해서 운주사의 돌탑과 돌부처는 천 개에서 하나씩 모자라게 되었다고 해요.

어때요, 참 신비로운 이야기이지요?

그런데 신비로운 일이 한 가지 더 있어요. 운주사에 있는 돌부처들의 다양한 생김새예요. 얼굴이 길쭉한 부처, 눈이 툭 튀어나온 부처, 귀가 턱 밑까지 축 늘어진 부처……. 일일이 다 말할 수 없을 만큼 돌부처들은 생김새가 다 달라요.

어떤 때에는 돌부처들이 살아서 움직이는 것처럼 보인답니다.

"오늘은 날씨가 좋군."

"햇볕을 받아 곡식이 무럭무럭 자랐으면 좋겠어."

마치 하늘을 보면서 이렇게 이야기를 나누는 것처럼 말이에요.

운주사에 있는 또 하나의 수수께끼는 칠성석이에요. 밤하늘에 반짝이는 국자 모양의 별 일곱 개를 본 적이 있나요? 그 일곱 별 이름은 북두칠성이에요. 칠성석은 북두칠성을 그대로 본떠 만든 일곱 개의 둥근 돌이지요.

북두칠성의 별들은 각각 밝기와 크기가 달라요. 칠성석의 바위

들도 마찬가지로 두께와 크기가 모두 다르지요.

별을 연구하는 한 천문학자가 북두칠성과 칠성석의 모습을 비교해 보았어요. 천문학자는 깜짝 놀랐어요. 칠성석이 너무나 잘 만들어져 있었거든요. 마치 하늘에서 북두칠성을 따다가 운주사에 박아 놓은 것처럼 말이에요.

칠성석이 만들어졌을 당시에는 별의 크기와 밝기를 알아볼 만한 도구가 없었어요. 그런데 우리 조상들은 어떻게 북두칠성을 꼭 닮은 칠성석을 만들어 낼 수 있었을까요? 또 운주사에 어떤 비

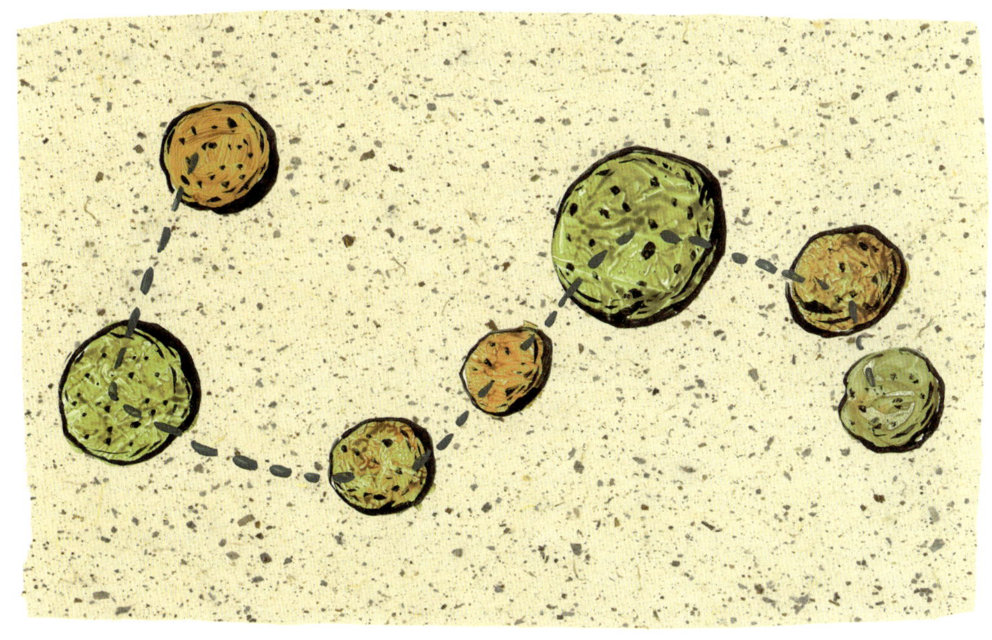

밀이 숨어 있기에 천불 천 탑과 칠성석이 만들어질 수 있었던 것
일까요?

　운주사의 돌부처들은 우리의 물음에 아무런 대답도 하지 않아
요. 하지만 소리 없이 비가 내리는 날에는 꼭 다물었던 입을 열지
요. 마음이 착한 사람들은 돌부처의 말을 들을 수 있어요.

　돌부처가 어떻게 말을 하느냐고요? 믿어지지 않는 사람은 직접
운주사로 찾아가 보세요. 그러면 믿을 수 있을 거예요.

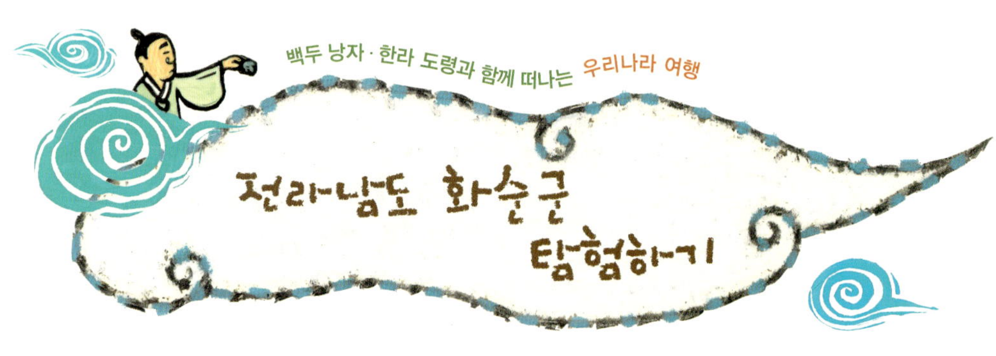

운주사 주위에는 지석강과 나주호라는 호수가 있어요. 그래서 여름에 찾아가면 더욱 재미있지요.

지석강의 유원지에서는 소라와 미꾸라지를 잡을 수 있어요. 꼬불꼬불 소라를 줍고 꾸물꾸물 미꾸라지를 잡다 보면 시간이 어느새 후다닥 지나간답니다. 또한 여러 가지 오락 시설도 있어서 즐거운 시간을 보낼 수 있지요.

운주사에서 가까운 나주호는 거울처럼 반짝이는 예쁜 호수예요. 시원한 바람이 불어오는 호수 주위에서 아빠 엄마와 뛰어놀 수도 있어요.

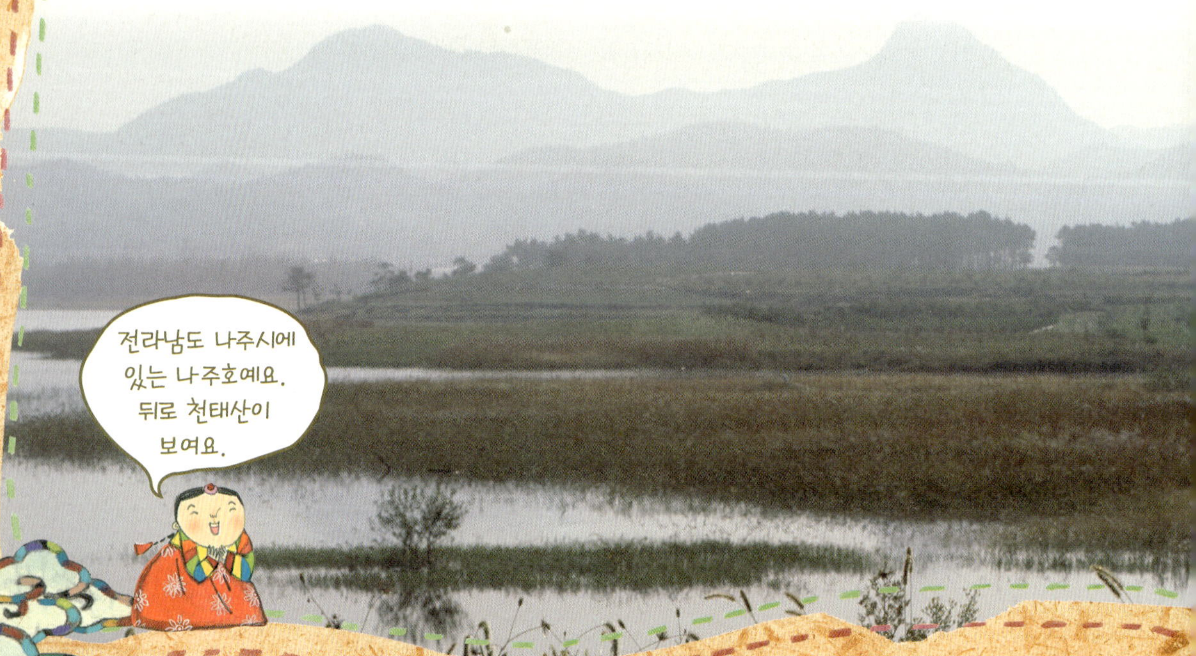

등산을 하고 싶은 사람은 천태산으로 가세요. 산에서 떠먹는 약수 맛이 아주 좋아요. 천태산의 신선한 공기를 마시고 시원한 약수를 마시면 몸이 튼튼해지지요.

천태산 꼭대기에 올라갔다가 내려오면 몸이 무척 피곤하겠지요? 그럴 때에는 쌍봉사에 찾아가 보세요. 쌍봉사는 계당산과 월산 사이의 계곡에 있는 절이에요. 이 절에는 국보 제57호인 철감선사탑과 보물 제170호인 철감선사탑비가 있어요. 신라 시대에 만들어진 이 탑에는 통일 신라 시대의 스님인 철감선사의 사리가 들어 있고, 탑비에는 철감선사의 일생이 기록되어 있지요. 이 탑과 탑비를 보면 신라 시대 조각 예술의 수준이 얼마나 높았는지 알 수 있답니다.

여행에서 쌓인 피로를 풀고 싶은 사람은 화순 온천으로 가세요. 화순 온천의 물은 피부를 매끄럽게 만들어 주고 머리카락이 빠지는 것을 막아 줄 만큼 좋다고 소문이 나 있지요. 주위 풍경도 구경하고 뜨거운 온천에서 목욕도 하면 피로가 말끔히 가실 거예요.

수수께끼를 간직한
에밀레종

　　"에밀레, 에밀레."하며 아름다운 소리를 내면서 울리는 종이 있답니다. 그 소리는 어떤 종소리보다 맑고 깨끗하게 울려 퍼지지요.

　　이 종은 771년 신라 혜공왕 때 만들어졌어요. 돌아가신 성덕 대왕을 기리기 위해 만들었기 때문에 이 종에는 '성덕 대왕 신종'이라는 이름이 붙었어요. 하지만 많은 사람들이 성덕 대왕 신종이라고 하지 않고 '에밀레종'이라고 부르지요. 왜 그러느냐고요? 거기에는 다음과 같이 가슴 아픈 이야기가 전해져 와요.

　　신라 성덕왕이 세상을 떠난 다음이었어요. 뒤를 이어 왕이 된 경덕왕은 아버지 성덕왕을 기리기 위해 봉덕사에다 신라에서 가장 큰 종을 만들라고 명령했어요. 백성들도 존경하던 성덕왕을 위한 종이 만들어지기를 바랐어요. 그래서 봉덕사의 스님들은 전국을 다니며 시주를 받았지요. 그러는 동안 경덕왕은 세상을 떠났고 혜공왕이 뒤를 이어 이 일을 계속했어요.

　　백성들은 스님들이 찾아오면 종을 만드는 데 보태라며 돈이나 곡식을 내주었지요. 그런데 너무나 가난해서 내놓을 만한 게 없는 집도 있었어요.

　　"스님, 죄송합니다. 우리 집에는 아무것도 없습

니다. 드릴 것이라고는 아기밖에 없어요."

여자는 자기 등 뒤로 고갯짓을 했어요. 등에는 여자 아기가 곤히 잠들어 있었어요. 스님은 괜찮다고 말하고는 다른 집으로 갔어요.

봉덕사의 스님들은 이렇게 백성들이 시주한 쌀과 돈으로 종을 만들기 시작했어요. 그런데 종의 생김새가 아름다우면 소리가 나쁘고, 소리가 좋으면 곧 보기 싫게 금이 가 버렸어요.

"종이 왜 이렇게 안 만들어지지?"

"아무래도 부처님이 화나신 것 같아."

"맞아, 왜 화가 나셨는지 알아내야 해."

스님들은 걱정이 이만저만이 아니었어요. 그러던 어느 날, 봉덕사의 주지 스님이 꿈을 꾸었어요. 꿈에서 누군가가 주지 스님에게 이렇게 이야기했지요.

"얼마 전 시주 갔다 빈손으로 돌아온 집 아기를 데리고 와서 종 만드는 쇳물에 넣어라. 그래야 좋은 종을 만들 수 있을 것이다."

꿈에서 깬 주지 스님은 스님들을 데리고 여자의 집으로 찾아갔어요.

"저번에 아기를 주겠다고 말씀하셨지요? 아기가 필요해서 데리러 왔습니다."

여자는 아기를 주기 싫었어요. 귀여운 아기를 내주고 싶은 엄마가 세상에 어디 있겠어요? 하지만 부처님께 한 약속을 어길 수는 없었어요. 여자는 어쩔 수 없이 스님들한테 아기를 내주었어요.

스님들은 아기를 데리고 종을 만드는 곳으로 갔어요. 그러고는 종 만드는 사람한테 아기를 건네주었어요.

"부처님의 화를 풀어야 좋은 종을 만들 수 있다네. 그러니 이 아기를 쇳물 속에 집어넣게.”

“그럴 수는 없습니다. 어떻게 아기를…….”

종 만드는 사람은 그럴 수 없다고 몇 번이나 이야기했어요. 하지만 스님들의 말을 끝까지 어길 수는 없었지요. 종 만드는 사람은 가슴이 아픈 것을 꾹 참고 아기를 쇳물 속에 던져 넣었어요. 그런데 신기한 일이 벌어졌어요. 여태껏 아무도 본 적 없는 훌륭한 종이 만들어진 거예요.

백성들은 종이 다 만들어졌다는 말을 듣고 크게 기뻐했어요.

“어디, 그 종소리 좀 들어 봅시다.”

“부처님의 사랑을 알리는 종소리를 듣고 싶어요.”

수많은 백성이 종소리를 들으려고 여기저기에서 몰려왔어요.
며칠 뒤 모든 백성이 보는 가운데 종이 처음으로 울렸어요.

종소리가 울리는 순간, 백성들은 깜짝 놀랐어요. "에밀레, 에밀레." 하는 종소리가 꼭 엄마를 부르는 아기의 목소리로 들렸던 거예요. 그래서 사람들은 이 종을 에밀레종이라고 불렀어요.

에밀레종의 소리는 지금도 세계에서 으뜸으로 평가받고 있어요. 종소리가 시원하면서도 멀리까지 퍼져 나가거든요. 그동안 수많은 사람들이 종소리의 비밀을 밝히려고 노력했지요.

"사람이 어떻게 이런 종을 만들 수 있을까?"

"에밀레종이 1300여 년 전에 만들어졌다는 게 사실일까?"

사람들은 에밀레종처럼 멋진 종을 만들고 싶었어요. 그래서 우리 나라에서는 1986년과 1987년에 각각 종을 만들었어요. 모두 에밀레종을 본떠 만든 것이었지요. 하지만 그 종들은 소리가 형편없었어요. 모양도 에밀레종만큼 아름답지 않았고요.

'참 이상하다. 신라 시대보다 지금이 훨씬 과학이 발달한 시대

인데 왜 똑같이 만들 수 없는 걸까?'

사람들은 이해가 안 가서 고개를 갸우뚱거렸어요. 1300여 년 전에 만들어진 종의 훌륭함에 다시 한 번 놀란 거예요.

하지만 더욱 놀라운 일은 1975년에 있었던 일이에요.

그 무렵 나라에서는 새로 지은 경주 박물관으로 에밀레종을 옮겨 오려고 했어요. 하지만 종을 매달아 놓을 고리를 만들기가 쉽지 않았어요. 에밀레종의 무게는 무려 약 19톤이나 나가거든요. 웬만한 바위보다도 더 무겁지요.

"옛날 사람들도 만들었는데 우리라고 못 만들겠어?"

기술자들은 자신만만하게 종을 걸 고리를 만들었어요. 고리는 금세 만들어졌어요. 경주 박물관장은 포항 제철소에서 에밀레종과 같은 무게의 철덩어리를 가져와서 매달았어요. 종을 달기 전에 고리가 그 무게를 견디는지 시험해 보려는 거였어요.

그러나 고리는 일주일을 버티지 못하고 휘어지기 시작했어요. 만약 그대로 에밀레종을 매달았다면 며칠 못 가서 바닥에 떨어져 부서지고 말았을 거예요.

"더 튼튼한 고리를 만들어야 돼."

우리나라 최고의 기술자들이 모여서 더욱 강한 고리를 만들었어

요. 하지만 또 다른 문제가 생겼어요. 에밀레종을 고리에 걸려면 종 윗부분에 있는 구멍과 고리를 연결해 주는 쇠막대가 필요해요. 그런데 이 쇠막대를 끼우는 구멍의 지름이 9센티미터였거든요. 현대의 기술로는 에밀레종이 떨어지지 않도록 하려면 쇠막대의 두께가 최소한 15센티미터는 되어야 하는데 말이에요.

"쇠막대를 9센티미터 두께로 만들면 너무 약해요. 옛날에 어떻게 그 정도 두께의 쇠막대로 무거운 종을 매달았을까요? 두께가

적어도 15센티미터는 되어야 종의 무게를 견딜 수 있는데…….”

기술자들은 밤잠을 설쳐 가면서 고민했어요. 하지만 뾰족한 수가 없었어요. 그래서 할 수 없이 예전에 에밀레종을 매달았던 쇠막대를 다시 쓰기로 했어요. 그것은 아주 멀고 먼 옛날에 만들어진 쇠막대였지요.

지금도 에밀레종은 그 쇠막대에 매달려 있어요. 에밀레종의 무게를 견딜 수 있는 두께 9센티미터의 쇠막대는 현대의 과학 기술로 만들 수 없기 때문이지요. 그토록 먼 옛날에 어떻게 그런 쇠막대를 만들었을까요? 정말 신비한 일이에요.

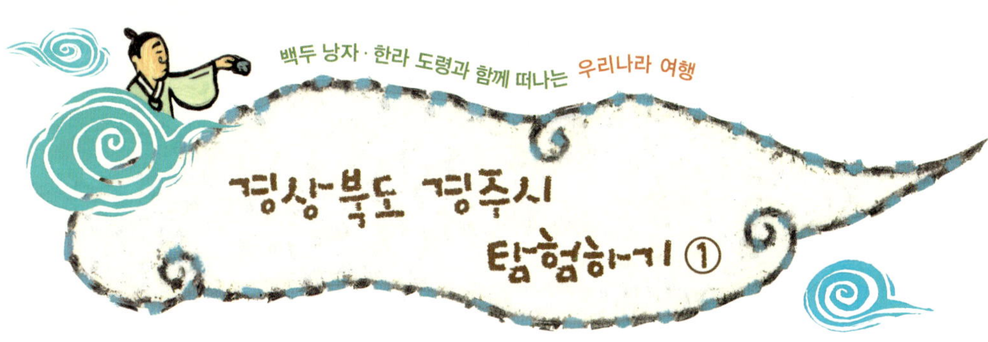

신라는 천 년의 역사를 가진 나라예요. 신라의 수도였던 경주에는 특히 훌륭한 문화와 유적이 많이 남아 있지요. 그 가운데 하나가 반월성이에요. 반월성은 하늘에서 보면 땅의 생김새가 반달 모양을 닮은 성이에요. 지금은 풀과 돌만 남아서 초라해 보이지만 옛날에는 멋진 궁궐이었답니다.

반월성을 둘러본 다음에 들를 곳은 국보 제31호인 첨성대예요. 첨성대는 커다란 돌 362개를 둥글게 쌓아올려 만들었어요. 신라 시대에는 1년을 362일로 생각했었거든요. 신라 선덕여왕 때 만들어진 이 첨성대는 동양에서 가장 오래된 천문대예요. 천문대란 밤하늘의 별을 자세히 살펴보기 위해서 만든 시설이에요.

별을 관찰하는 데에는 두 가지 목적이 있었어요. 하나는 별을 보고 나라의 크고 작은 일을 점치는 것이고, 또 하나는 별을 관찰해서 달력을 만드는 것이었지요. 달력은 농사를 짓는 데에 큰 도움이 되었어요. 언제 씨를 뿌

리고 거두어야 할지도 알 수 있고, 큰 비가 내리는 시기나
서리가 내리는 시기 등을 미리 알 수 있어서 농사를 더욱 잘
지을 수 있었기 때문이에요.

　경주에는 멋있는 작품이 또 하나 있어요. 바로 국보
제25호인 태종 무열왕릉비예요. 신라 제29대 왕
인 태종 무열왕은 바로 김유신과 함께 당나라의 힘을
빌려 삼국 통일의 밑바탕을 다진 김춘추랍니다. 김춘추는 선덕여
왕의 조카이기도 하지요. 거북 모양의 이 비석 위에는 용이 여섯 마리 새겨
져 있어요. 거북은 당장이라도 움직일 것처럼 힘찬 모습을 하고 있어요. 신
라 시대 조각 작품 가운데 가장 빼어나다는 평가를 듣고 있답니다.

　이 밖에도 김유신 장군의 무덤과 세계 유산으로 지정된 황룡사 터도 꼭 가
볼 만한 유적지랍니다.

석굴암의 신비

일제 강점기 때, 일본은 우리나라의 문화재를 살펴보다가 석굴암을 보고 깜짝 놀랐어요. 일본에서는 볼 수 없는 훌륭한 건축물이었거든요. 이 소식을 들은 일본 학자들이 석굴암으로 달려왔어요.

"이럴 수가! 이건 신라 시대에 만들어진 거야."

"믿을 수가 없군. 그렇게 오래전에 만들어졌는데도 조금도 망가지지 않았어."

일본 학자들은 무척 놀라워했어요.

석굴암 안에는 커다란 부처상이 있었어요. 이 부처상이 바로 '본존불'이지요. 또한 석굴암 벽에는 다양한 보살상이 조각되어 있었어요. 그런데 신기하게도 본존불과 보살상 조각에는 이끼가 하나도 끼어 있지 않았어요. 그토록 오랜 세월이 지났는데도 말이에요.

일본 학자들은 석굴암의 비밀을 밝히기 위해 본존불을 바깥으로 빼내고 석굴암 안의 돌과 조각도 하나하나 빼냈어요.

"석굴암은 사람이 돌을 다듬어서 만든 인공 동굴이야. 정말 대단해. 자연 동굴보다도 훨씬 더 잘 만들었어."

일본 학자들은 석굴암에서 나온 돌 하나하나를 보면서 감탄했어요. 그런데 문제는 석굴암을 다시 짜 맞출 때 생겼어요. 아무리 노력해도 돌과 조각이 전처럼 잘 맞춰지지 않았기 때문이에요.

"에이, 할 수 없다. 시멘트를 발라서 붙여 버리자."

일본 사람들은 석굴암을 시멘트로 붙여 버렸어요. 그러자 석굴암에 물이 새기 시작했어요. 천 년 가까이 잘 전해 내려오던 석굴암이 망가진 거예요.

당황한 일본 학자들은 석굴암을 또다시 뜯어서 맞추었어요. 이렇게 세 번을 뜯었다가 다시 맞추는 사이에 석굴암은 병이 나 버렸어요. 보살상 조각도 몇 개가 없어지고 본존불의 등에는 상처까지 났지요.

하지만 석굴암은 그런 상처를 입고도 원래 가지고 있던 신비로움을 잃지 않았어요.

석굴암 안에 있는 본존불은 '동해구'를 바라보고 있어요. 동해구는 동쪽 바다의 입구라는 뜻이에요. 신라 사람들은 본존불이 동쪽 바다로 쳐들어오는 일본 사람들을 막아 주기를 바랐어요. 그래서 이렇게 만든 거였지요.

석굴암 안에는 하루 종일 햇빛이 들어와요. 지금은 볼 수 없지

만 옛날 석굴암 위에는 빛이 들어오는 '광창'이 있었대요. 이 광창으로 들어온 빛이 본존불의 얼굴을 비추면 사람들은 고개를 숙였어요. 본존불이 마치 살아 있는 부처처럼 보였거든요.

이렇게 아름답고도 신비한 석굴암을 만든 사람은 바로 신라의 김대성이에요.

김대성은 모량리라는 곳에서 어머니와 단둘이 무척 가난하게 살았어요.

어느 날, 대성은 점개라는 스님이 하는 말을 들었어요.

"한 가지를 부처님께 드리면 만 가지를 얻게 될 것입니다. 그러면 오래오래 행복하게 살 수 있지요."

대성은 용기가 솟아올랐어요.

'그래! 내가 지금은 이렇게 어렵게 살아도 나중에는 누구보다도 잘살 거야.'

대성은 가지고 있던 밭을 부처님께 바쳤어요. 그 밭은 가난한 대성에게는 무척 소중한 것이었어요. 하지만 그로부터 며칠 뒤

대성은 뜻밖의 사고로 목숨을 잃고 말았어요.

그런데 같은 시각, 신라의 벼슬아치였던 김문양은 하늘에서 들려오는 이상한 소리를 들었어요.

"모량리의 대성이 네 집에서 태어나게 될 것이니라!"

하늘에서 들려온 소리는 사실이었어요. 신기하게도 김문양의 부인이 그날부터 아기를 가졌거든요. 그리고 열 달 뒤, 김문양의 부인은 잘생긴 남자 아기를 낳았어요.

그런데 아기는 이상하게도 왼손을 꼭 쥐고 있었어요. 아무리 펴려고 해도 펼 수 없었지요.

아기가 태어난 지 7일째 되던 날 왼손이 펴졌어요. 손 안에는 '대성'이라고 쓴 금붙이가 쥐여 있었어요. 금붙이를 본 김문양은 무릎을 탁 쳤어요. 하늘에서 말해 준 이름과 금붙이에 적힌 이름이 똑같았기 때문이에요.

김문양은 곧 모량리에 살고 있던 대성의 전 어머니를 데려왔어요. 그리고 한 식구처럼 오순도순 살았어요.

대성은 무럭무럭 자라났어요. 사냥을 하러 갈 정도로 몸도 튼튼했어요.

어느 날, 대성은 토함산에 갔다가 곰 한 마리를 잡았어요. 그런

데 그날 밤에 대성은 꿈속에서 자기가 잡은 곰을 만났어요. 곰은 자기를 위해 절을 지어 달라고 부탁했어요.

꿈에서 깨어난 대성은 곰의 목소리를 잊을 수 없었어요.

'그래, 곰을 위해서 장수사라는 절을 세우자.'

대성은 곰을 위해 장수사를 짓고, 자기를 다시 태어나게 해 준 김문양과 부인을 위해 불국사를 세웠어요. 그리고 모량리에서 살았던 어머니를 위해서는 석불사를 세웠지요. 석굴암은 이때 같이 지어진 거예요.

석굴암에는 이처럼 김대성의 효심이 잘 나타나 있어요. 그래서 인지 신라의 어떤 문화재보다도 아름답지요.

석굴암의 가장 멋진 모습은 동짓날 아침 해가 뜰 때 볼 수 있어 요. 동지는 일 년 가운데 해가 가장 짧은 날이지 요. 동해에서 고개를 내민 해가 석굴암을 서 서히 밝게 비추어요. 그때 해와 본존불의 이 마에 박혀 있는 보석이 한 줄로 딱 맞추어지 지요. 그러면 햇빛을 받은 보석이 온 세상으 로 빛을 내뿜어요.

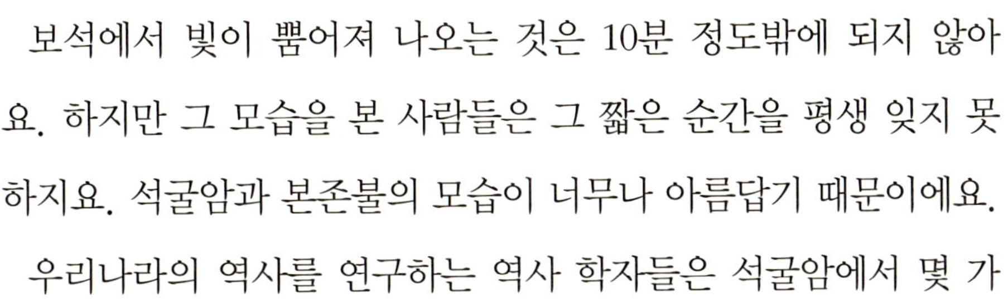

보석에서 빛이 뿜어져 나오는 것은 10분 정도밖에 되지 않아 요. 하지만 그 모습을 본 사람들은 그 짧은 순간을 평생 잊지 못 하지요. 석굴암과 본존불의 모습이 너무나 아름답기 때문이에요.

우리나라의 역사를 연구하는 역사 학자들은 석굴암에서 몇 가 지 수수께끼를 찾아냈어요.

석굴암은
신라 시대의 가장
뛰어난 예술품 가운데
하나예요.

신라 시대에 어떻게 그처럼 완전한 인공 동굴을 만들 수 있었을까요? 인공 동굴을 만드는 것은 지금의 과학으로도 무척 어려운 일인데 말이에요.

또 한 가지 궁금한 것은 본존불이 앉아 있는 장소예요. 만약 본존불을 지금 있는 장소에서 조금이라도 앞이나 뒤로 옮기면 어떻게 될까요?

그러면 본존불이 살아 있는 것처럼 보이지 않게 된다고 해요. 동짓날 아침의 아름다운 모습도 볼 수 없고요. 신라 사람들은 본존불을 놓는 장소까지 과학적으로 꼼꼼하게 계산했던 거예요.

석굴암의 둥근 천장도 수수께끼 가운데 하나예요. 수십 층짜리 높은 빌딩을 짓는 건축사들도 이 수수께끼를 풀지 못했어요. 지붕을 둥글게 하는 기술은 건물을 짓는 기술 가운데 가장 어렵다고 해요. 조금만 잘못해도 지붕이 와르르 무너져 버리거든요. 그런데 석굴암의 지붕은 천 년이 다 된 지금까지도 튼튼하게 남아 있어요. 어떤 방법으로 천장을 만든 것일까요? 석굴암의 수수께끼는 생각하면 할수록 신비한 것 같아요.

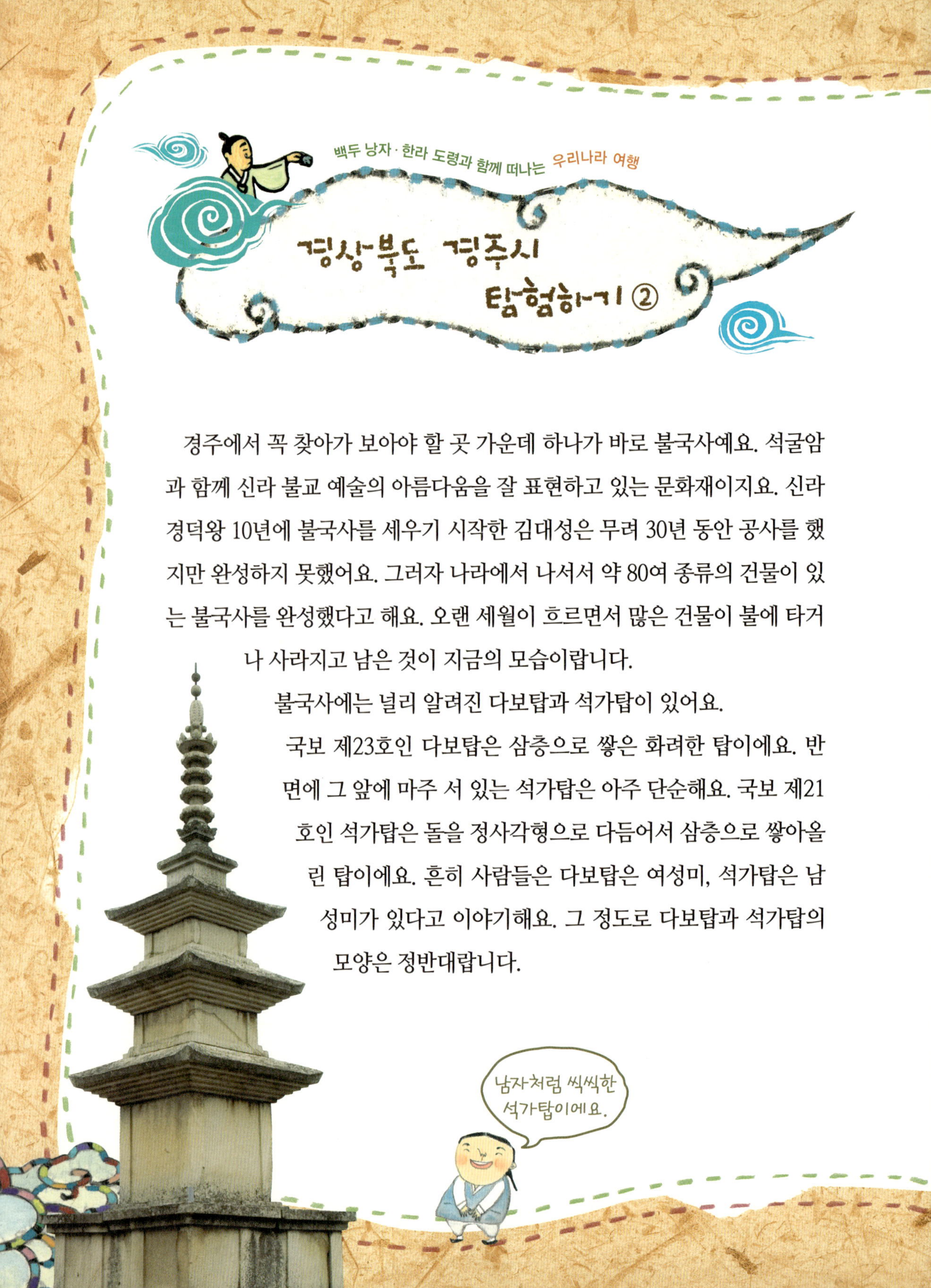

경상북도 경주시 탐험하기 ②

경주에서 꼭 찾아가 보아야 할 곳 가운데 하나가 바로 불국사예요. 석굴암과 함께 신라 불교 예술의 아름다움을 잘 표현하고 있는 문화재이지요. 신라 경덕왕 10년에 불국사를 세우기 시작한 김대성은 무려 30년 동안 공사를 했지만 완성하지 못했어요. 그러자 나라에서 나서서 약 80여 종류의 건물이 있는 불국사를 완성했다고 해요. 오랜 세월이 흐르면서 많은 건물이 불에 타거나 사라지고 남은 것이 지금의 모습이랍니다.

불국사에는 널리 알려진 다보탑과 석가탑이 있어요.

국보 제23호인 다보탑은 삼층으로 쌓은 화려한 탑이에요. 반면에 그 앞에 마주 서 있는 석가탑은 아주 단순해요. 국보 제21호인 석가탑은 돌을 정사각형으로 다듬어서 삼층으로 쌓아올린 탑이에요. 흔히 사람들은 다보탑은 여성미, 석가탑은 남성미가 있다고 이야기해요. 그 정도로 다보탑과 석가탑의 모양은 정반대랍니다.

　　석굴암에서 멀지 않은 곳에 또 하나의 절이 있어요. 이름이 기림사인 이 절에는 '건칠 보살 반가상'이 있어요. 건칠 보살 반가상은 특이하게도 나무와 삼베, 진흙으로 만들어졌답니다. 불상은 보통 돌이나 금속으로 만들어지는데 말이에요. 건칠불이란 나무로 골격을 만든 뒤 삼베를 감고 그 위에 진흙을 바른 다음 속을 빼낸 불상이에요. 나라에서는 희한한 이 불상을 보물 제415호로 정했어요.

　　이번에는 바다로 한번 가 볼까요? 석굴암의 본존불이 바라보고 있는 동해 입구에는 '문무대왕릉'이 있지요. 문무대왕릉은 세계에서 하나뿐인 바닷속 무덤이에요. 문무왕은 죽은 뒤 용이 되어 동해로 왜구가 쳐들어오는 것을 막겠다고 유언을 남겼어요. 그래서 문무왕의 유골을 동해의 입구에 있는 바위 밑에 묻었지요. 문무대왕릉은 사적 제158호랍니다.

신선이 쌓은 돌탑

전라북도 진안에는 ‘마이산’이 있어요. 마이산은 산의 생김새가 ‘말의 귀’를 닮았다고 해서 붙은 이름이지요.

마이산의 한가운데로 걸어 들어가면 특이한 돌탑들이 주르르 서 있는 것을 볼 수 있어요. 돌탑은 작은 돌과 큰 돌을 번갈아 쌓아 놓은 것인데 낮은 것은 3~4미터, 높은 것은 20미터나 돼요. 이 탑들은 모두 100여 년 전에 만들어졌지요.

몇몇 사람이 이 돌탑을 흉내 내어 탑을 쌓아 보려고 했어요. 하지만 도저히 쌓을 수가 없었어요. 아무리 쌓으려고 해도 금세 와르르 무너져 버렸거든요. 그리고 바람도 무척 세게 불었어요. 사람들이 쌓은 돌탑은 바람을 맞고 힘없이 쓰러졌지요. 하지만 마이산의 돌탑들은 조금 흔들릴 뿐이었어요.

돌로 쌓은 탑이 어떻게 오랜 세월 동안 무너지지 않았을까요? 그게 바로 마이산 돌탑들의 수수께끼예요. 마이산 돌탑의 비밀을 밝히려면 먼저 ‘이갑룡’이란 사람에 대해 알아야 해요.

이갑룡은 1860년 전라북도 임실에서 태어났어요. 이갑룡은 어렸을 때부터 무척 똑똑했어요.

“이제 겨우 네 살인데 모르는 글자가 없어요.”

"갑룡이는 커서 훌륭한 사람이 될 거야."

사람들은 입을 모아 이갑룡을 칭찬했어요.

또한 이갑룡은 마을에 소문이 날 정도로 부모를 위하는 효자였어요. 아버지가 세상을 떠나셨을 때 이갑룡은 며칠 동안 아무것도 먹지 않았어요. 슬픔 때문에 먹을 수가 없었던 거예요. 이갑룡은 3년 동안 아버지의 무덤을 지켰어요. 바람이 불고 눈비가 내려도 꼼짝하지 않았어요.

아버지가 돌아가시고 3년이 지난 어느 날, 이갑룡은 작은 짐을 어깨에 짊어지고 길을 떠났어요. 그때 이갑룡의 나이는 열아홉 살이었어요.

이갑룡은 백두산부터 한라산까지 전국 방방곡곡을 돌아다녔어

요. 그리고 스물다섯 살에 마이산에 들어와 도를 닦았어요. 배가
고플 때면 풀을 뜯어먹었어요. 추운 겨울에도 얇은 옷만 입고 도
를 닦았지요.

1년이 지난 어느 날, 바위 위에 앉아 있던 이갑룡이 자리에서
벌떡 일어났어요. 드디어 도를 다 깨친 거였어요. 이갑룡은 자신
이 깨친 도를 우리나라를 위해 쓰고 싶었어요.

‘언제 우리나라에 나쁜 일이 생길지 모르는 일이야. 우리 민족이 잘살 수 있도록 기원하며 탑을 쌓아야겠어.’

그날부터 이갑룡은 밤에만 마이산의 탑을 쌓았어요. 탑 쌓는 것을 사람들이 보지 못하게 하려고 말이에요. 탑 쌓는 것을 누군가 보면 나쁜 일이 생길 거라고 생각했던 거예요.

이갑룡은 다른 산에 있는 바위를 가져다가 탑을 쌓기도 했어요. 거리가 먼 곳에 있는 바위를 가져올 때에는 축지법을 썼지요. 이갑룡은 신기한 도술을 부릴 수 있었거든요. 축지법은 도술로 먼 거리를 눈 깜짝할 사이에 다녀오는 법을 말해요.

하루, 이틀, 사흘……, 시간이 흘렀어요. 마을 사람들은 이갑룡이 어떻게 돌탑을 쌓는지 궁금했어요.

“소문 들었어? 이갑룡이 하늘을 날아다닌대.”

“에이, 설마.”

“생각해 봐. 하늘을 날지 않으면 어떻게 높은 곳에 돌을 쌓을 수 있겠어?”

“돌탑에 사다리를 대고 올라가면 되지.”

“예끼, 이 사람! 그랬다가는 탑이 무너져

버릴 게 아닌가?"

"그러고 보니 정말 궁금한걸? 어떻게 저리 높은 탑을 쌓는지 말
이야."

"우리 오늘 밤에 가서 몰래 한번 살펴보자고."

마을 사람들은 궁금해서 참을 수 없었어요. 그래서 마이산에 몰래 숨어 들어갔어요.

달도 뜨지 않은 캄캄한 밤이었어요. 마을 사람들은 두 눈을 반짝이며 이갑룡이 나타나기를 기다렸어요.

그러나 이갑룡은 마을 사람들이 숨어 있는 것을 눈치채고 잠들게 하는 주문을 외웠어요. 주문에 걸린 마을 사람들은 세상모르고 잠이 들었어요.

한참 지난 뒤, 마을 사람들은 잠에서 깨어났어요. 한 사람이 깜짝 놀라 소리쳤어요.

"아니, 저것 봐! 저 탑 위에 또 돌 하나가 올라가 있어!"

모두 너무 놀라서 입을 딱 벌렸어요. 이갑룡이 공중으로 붕 떠올라서 돌을 쌓아 놓은 것이 틀림없었던 거예요.

이갑룡은 이런 식으로 30년 동안 탑을 108개나 쌓았어요. 그 탑들은 아무리 거센 바람이 불어도 끄떡없이 서 있었어요.

"이갑룡은 신선이야."

"맞아, 그러니까 돌탑이 무너지지 않지."

마을 사람들은 마이산의 돌탑을 아주 소중하게 생각했어요.

그러던 어느 겨울날이었어요. 차가운 바람이 부는 새벽, 한 아주머니가 돌탑 밑에 물을 떠 놓고 기도를 했어요.

"제발 우리 아버님의 병을 낫게 해 주십시오."

아주머니는 눈물을 흘리면서 정성껏 기도했어요. 아주머니는 벌써 100일째 기도를 하고 있었어요. 시아버지가 몹쓸 병에 걸렸던 거예요. 좋다는 약은 모두 써 보았지만 아무 소용없었어요.

아주머니는 마이산의 돌탑이 신비한 힘을 가지고 있다고 믿었어요. 그래서 날마다 기도를 한 거였어요.

새벽안개가 걷히고 해가 막 떠오르기 시작했어요. 기도를 마친

아주머니는 깜짝 놀랐어요.

날씨가 워낙 추워서 그릇에 담겨 있는 물이 꽁꽁 얼어 있었어요. 하지만 아주머니가 놀란 것은 그것 때문이 아니었어요. 그릇 한가운데에 얼음이 나뭇가지처럼 삐죽 솟아 있는 게 아니겠어요? 꼭 밥그릇에 수저를 꽂아 놓은 것처럼 말이에요.

'고드름이 분명한데……'

아주머니는 물그릇을 자세히 살펴보았어요. 고드름이 위에서 아래로 열리는 것은 본 적이 있지만, 거꾸로 자라는 것은 처음 보았으니까요. 그리고 그날 밤, 아주머니의 시아버지는 씻은 듯이 병이 나았어요.

이 소문은 널리 퍼져 나갔어요. 그때부터 많은 사람들이 마이산으로 몰려들었어요. 그리고 정성이 지극한 사람의 물그릇에는 고드름이 거꾸로 열렸지요.

지금도 마이산 돌탑 밑에서는 겨울이면 물그릇에 거꾸로 열린 고드름을 종종 볼 수 있어요. 과학자들도 이 신기한 현상에 대해 연구를 했어요. 하지만 왜 이런 일이 생기는지는 밝혀 내지 못했지요.

이갑룡은 정말로 신선이었을까요? 마이산 돌
탑 밑에서 거꾸로 열리는 고드름은 정말 이갑
룡의 도술인 걸까요?

지금도 마이산 돌탑들은 100여 년 전과 조금
도 다름없이 우뚝 솟아 있답니다.

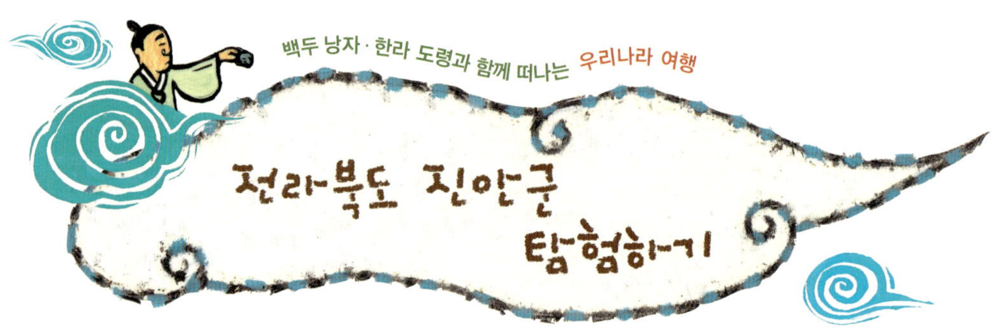

진안군 성수면 좌포리에 가면 양화 마을이 있어요. 이 마을에는 '풍혈'과 '냉천'이 있지요. 풍혈은 찬바람이 나오는 구멍이고 냉천은 차가운 개울물이에요. 특히 냉천은 얼마나 차가운지 한여름에도 발을 오래 담글 수 없대요. 이 냉천에서 목욕을 하면 웬만한 피부병은 다 낫는다고 해요.

풍혈에서 시원한 바람을 쐬었으면 이번에는 금당사로 가 볼까요.

금당사는 마이산과 가까운 곳에 있는 절이에요. 신라 현덕왕 때 지어진 절인데, 그 앞으로 가는 길이 온통 벚나무랍니다. 그래서 봄에 찾아가면 벚꽃 터널을 지나가는 멋진 경험도 할 수 있지요. 벚나무 길을 지나 안으로 쭉 들어가면 지붕이 금빛으로 반짝이는 대웅전을 만날 수 있어요. 대웅전이란 석

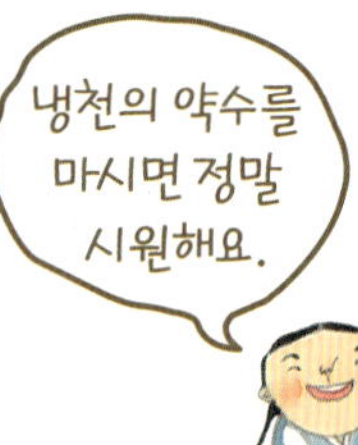

가모니 부처의 불상을 모신 곳을 이르는 말이에요.

　이번에는 죽도라는 섬으로 가 볼까요. 죽도는 땅 한가운데에 있는 이상한 섬이에요. 땅 위에 있는데 어떻게 섬이냐고요?

　죽도의 동쪽에는 덕유산이 있어요. 덕유산에서 죽도를 향해 안성천이 흘러 내려오지요. 이 안성천과 남쪽에서 흘러오는 장수천이 만나서 죽도를 휘감고 있어요. 이 두 물줄기로 둘러싸여 죽도는 섬이 되어 버린 거예요. 예전에는 죽도에 사람이 살았지만 지금은 아무도 살지 않아요. 근처에 용담댐을 만드는 바람에 모두 다른 곳으로 가 버렸기 때문이지요. 댐 때문에 죽도가 물에 잠길 수도 있거든요.

　나 홀로 섬이 되어 버린 죽도가 심심하겠다고요? 걱정 마세요. 죽도한테도 좋은 친구가 있으니까요. 누구냐 하면 바로 '죽도 폭포'예요. 사람이 만든 인공 폭포이지만 자연 폭포만큼이나 멋있고 물줄기가 힘차게 쏟아진답니다.

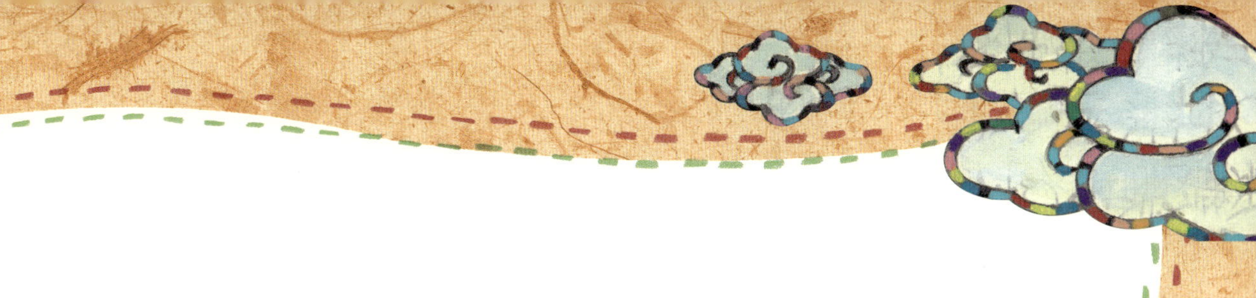

바위 속 냉장고

“이번에 장원 급제를 했으니 큰 상을 내리겠노라!”

임금님이 큰 소리로 말했어요. 장원 급제한 선비는 무척 기분이 좋았어요. 어려운 시험에 일등으로 붙은 데다가 임금님에게 상까지 받게 되었으니 말이에요.

임금님은 선비에게 커다란 상자를 주었어요. 상자를 열어 본 선비는 뛸 듯이 기뻤어요. 상자 안에 있는 것은 얼음이었어요. 옛날에는 날씨가 푹푹 찌는 한여름이면 얼음이 보석보다도 훨씬 귀했거든요.

“상감마마! 성은이 망극하옵니다.”

선비는 임금님께 큰절을 올렸어요.

“서빙고에서 특별히 가져온 얼음이니 식구들하고 나누어 먹도록 하라.”

서빙고란 ‘서쪽에 있는 얼음 창고’를 뜻해요. 얼음을 받은 선비는 급히 고향 집으로 돌아갔어요.

‘임금님한테 받은 얼음을 보면 사람들이 깜짝 놀라겠지?’

선비가 부지런히 집에 도착하니 마을 사람들이 모두 모여 있었어요. 장원 급제를 축하해 주려고 온 거였지요. 선비는 어깨를 으쓱거리면서 말했어요.

"임금님께서 저에게 얼음을 주셨습니다."

"아니, 그 귀한 것을……."

사람들은 깜짝 놀랐어요. 선비는 목에 잔뜩 힘을 주었어요.

"자, 얼음이 나올 테니 놀라지 마십시오."

그런데 상자 뚜껑이 활짝 열리자, 마을 사람들은 모두 웃음보를
터뜨렸어요. 상자 안에는 물만 가득했거든요. 날씨가 너무 더워

서 집으로 오는 동안 얼음이 다 녹아 버린 거였어요. 선비는 너무나 창피해서 얼굴을 들지 못했어요.

'이럴 줄 알았으면 녹기 전에 조금이라도 먹어 보는 건데…….'

선비는 후회하면서 입맛을 쩝쩝 다셨어요. 선비의 모습이 참 우습지요?

옛날에는 얼음이 무척 귀했어요. 지금처럼 냉장고가 없었거든요. 그래서 우리 조상들은 신라 시대 때부터 나무와 돌, 짚으로 얼음 창고를 만들었어요. 여름에도 얼음을 먹을 수 있게 말이에요. 이 얼음 창고의 이름이 '빙고'예요. 빙고를 만드는 기술은 시간이 지나면서 점점 더 발달했어요.

조선 시대에는 서빙고, 동빙고, 내빙고가 있었어요. 서빙고의 얼음은 임금이 신하들한테 상으로 주었어요. 사람들은 한여름에 얼음을 많이 나누어 주는 임금일수록 정치를 잘한다고 여겼지요.

동빙고의 얼음은 궁궐 제사 때 쓰려고 특별히 아꼈어요. 그리고 궁궐 안에는 임금님만을 위한 내빙고가 있었어요.

빙고에 넣는 얼음은 거의 다 한강의 얼음이었어요. 하지만 겨울에 날씨가 따뜻해서 한강의 얼음이 제대로 얼지 않는 때도 있었지요. 그럴 때에는 깊은 산속에서 두꺼운 얼음을 캐다가 빙고에 넣었어요.

그런데 경상남도 밀양에 사는 사람들은 일부러 빙고를 만들 필요가 없었어요. 천왕산에 가면 한여름에도 쉽게 얼음을 얻을 수 있었거든요. '얼음골'이라고 불리는 이곳에서는 신기하게도 날씨가 더울수록 더 차가운 바람이 나와요. 그래서 주위에 사는 사람들은 더위를 피하려고 얼음골을 찾았어요.

땀이 줄줄 흐르는 날에도 얼음골에서 조금만 쉬면 금세 더위가 사라졌어요. 또 사람들은 이곳에 집에서 먹을 음식을 가져다 놓기도 했어요. 날씨가 더우면 음식이 금세 상해 버리니까 얼음골에 놓아두고 오랫동안 아껴 먹으려고 했던 거예요.

우리나라에는 이렇게 여름에 찬바람이 나오는 얼음골이 여러 군데 있어요. 천왕산의 얼음골은 그 가운데 가장 큰 곳이에요.

천왕산 얼음골에는 크고 작은 돌들이 비탈길 위에 쭉 깔려 있어요. 그런데 추운 겨울이 되면 이 얼음골에서는 따뜻한 바람이 뿜어져 나와요. 눈이 펄펄 내리는 날에도 김이 모락모락 날 정도이지요. 그래서 산짐승들은 날씨가 추워지면 얼음골 근처로 몰려든다고 해요.

말도 안 되는 이야기라고요? 아마 얼음골 이야기를 믿지 못하는 사람이 많을 거예요. 너무나 신비로운 이야기이니까요. 많은 사람들이 얼음골을 찾기 전에는 '설마' 하고 의심을 하지요.

어떤 사람들은 얼음골을 직접 보고도 믿지 않아요.

"딴 데서 얼려다가 갖다 놓은 얼음일 거야."

"겨울에 얼었던 얼음이 아직 덜 녹았겠지."

"맞아! 그럴 거야. 겨울에는 얼음이 꽁꽁 어니까."

　　하지만 얼음골 주위에 사는 사람들은 이런 말을 들으면 웃음부터 터뜨려요. 얼음골에서는 겨울에 얼음이 얼지 않으니까요. 한 겨울일수록 따뜻한 곳이 얼음골이거든요.

　　얼음골은 자연이 우리에게 준 큰 선물이에요. 그런데 선물을 소중히 여기기는커녕 망가뜨리는 사람들이 있어요. 얼음골의 돌들을 마구 파헤쳐 놓는 사람들이지요. 돌 밑에 뭐가 숨겨져 있는지 찾아내려고 말이에요. 이런 사람들 때문에 지금은 얼음골 주위에 울타리를 쳐 놓았어요.

얼음골은 아주 오래전부터 있었지만 그동안 그 비밀을 푼 사람
은 하나도 없어요. 땅을 연구하는 지질학자들도 얼음골을 보고는
눈이 휘둥그레졌지요.

도대체 어떤 원리로 여름에는 찬바람이 나오고 겨울에는 따뜻
한 바람이 나오는 걸까요?

이 비밀을 풀기 위해 지질학자들은 몇 년 동안 전국의 얼음골을
관찰했어요. 그러다가 얼음골이 있는 곳의 공통점을 발견했지요.

하나는 얼음골이 돌밭 사이에 있다는 거예요. 그리고 또 하나는 그 돌밭들이 '화산암'이라는 돌로 이루어져 있다는 거고요. 화산 암은 먼 옛날 화산이 폭발했을 때 만들어진 돌덩어리예요.

지질학자들은 찬바람을 만드는 물질이 화산 폭발 때 생겼다고 해요. 그리고 그 물질이 돌밭 속에 파묻혔다고 해요.

사람들은 오랜 세월 동안 연구해서 냉장고를 만들었어요. 그런 데 우리의 자연은 아주 먼 옛날에 이미 전기도 필요 없고, 공해도 없는 냉장고를 만든 거예요.

어때요, 자연이 정말 신비롭지 않나요?

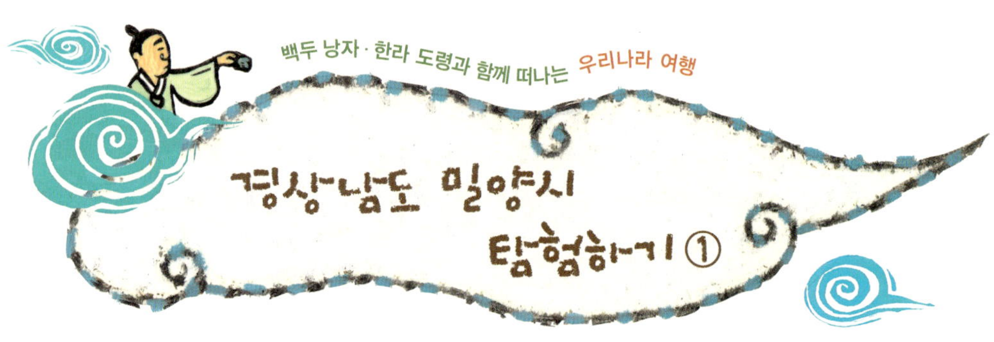

얼음골 근처에 호박소라는 곳이 있어요. 호박소는 폭포 아래에 물이 가득 담겨 있는 곳이에요. 움푹 팬 모양이 절구 종류의 하나인 호박을 닮았다고 해서 이름을 호박이라고 붙였다고 해요.

먼 옛날, 사람들은 호박소의 깊이를 재어 보려고 했어요. 그래서 명주실 끝에 돌을 매달아서 호박소에 빠뜨렸지요. 명주실은 호박소 밑으로 계속 들어갔어요. 호박소가 생각보다 엄청나게 깊었던 거예요. 나중에는 명주실이 모자라서 깊이를 잴 수 없었다고 해요. 그러니까 호박소에 가서 그 안에 들어가면 절대 안 되겠지요?

호박소에서 멀지 않은 석남사라는 절에도 볼 것이 많아요. 석남사 주위에는 맑은 물이 흐르고 계곡에서는 아름다운 풍경을 볼 수 있지요. 가지산에 자리 잡은 석남사는 신라 헌덕왕 16년에 도의선사라는 승려가 세웠다고 전해져요. 도의선사의 사리를 보관하고 있는 부도는 보물 제369호로 지정되어 있답니다. 이 밖에도 석남사에는 여러 문화재가 있는데, 그 가운데에서도 삼층 석탑은 아주 크고 잘 만들어졌어

요. 경상남도 유형문화재 제22호로 지정된 귀한 문화재랍니다.

이번에는 용두연 유원지로 가 볼까요? 용두연 유원지는 시원한 바람이 불어오는 용두산 아래에 있어요. 보트 놀이와 수영, 낚시를 할 수 있지요. 특히 은어 낚시는 이곳에서 즐길 수 있는 큰 즐거움이에요.

또 가까운 곳에 100년 된 소나무가 2,000그루나 있는 숲이 있는 삼문송림도 있으니 꼭 들러 보세요.

이 밖에도 자연과 더욱 가깝게 지내고 싶은 사람은 얼음골 관광농원으로 가세요. 이곳에서는 감, 대추, 버섯 등 밀양시의 특산물을 만나 볼 수 있어요. 엄마 아빠와 같이 여러 가지 씨앗도 심고 물도 주어 보세요. 하루가 금세 지나갈 거예요.

땀 흘리는 비석

사명 대사라는 스님을 알고 있나요? 조선 시대에 일본과 우리나라가 7년 동안 전쟁을 한 적이 있어요. 이 전쟁을 임진왜란이라고 해요.

사명 대사는 임진왜란 때 우리나라와 백성들을 구한 스님이에요. 무술이 뛰어나고 도술도 아주 잘 부렸지요.

사명 대사가 세상을 떠나자 많은 사람들이 슬퍼했어요. 사람들은 사명 대사를 잊지 않기 위해 비석을 세웠어요. 이 비석이 바로 경상남도 밀양의 홍제사라는 절에 있는 '표충비'예요.

그런데 표충비가 세워진 뒤 이상한 일이 일어났어요. 표충비가 앞으로 일어날 일을 미리 알아맞히는 거였어요.

"아니! 표충비가 또 땀을 흘리잖아?"

"무슨 일일까? 나쁜 일이 생기려고 그러나?"

1985년 사람들은 표충비의 땀을 보고 가슴이 조마조마했어요. 표충비가 땀을 흘리면 아주 좋은 일이 생기거나 아주 나쁜 일이 생기곤 했기 때문이에요.

정말로 표충비가 땀을 흘렸기 때문일까요? 그해에 우리나라에
는 아주 기쁜 일이 생겼어요. 남북 고향 방문단이 오고 갔거든요.
남북통일을 향한 첫걸음을 내디딘 거였어요. 북한에 가족이 있는
사람들은 텔레비전으로 지켜보며 기쁨의 눈물을 흘렸어요.

"표충비는 정말 이상해. 어떻게 그런 일이 생길 줄 미리 알고 땀
을 흘리지?"

"사명 대사의 도술이 표충비에 남아 있는 게 아닐까?"

“설마……."

“그렇지 않고서야 어떻게 돌이 땀을 흘리겠어."

표충비는 3·1 만세 운동과 8·15 해방 때에도 땀을 흘렸어요. 또 한국 전쟁 때에도 마찬가지였고요. 나라의 큰일을 족집게처럼 알아맞히다니, 정말 신기하지요?

그렇다면 사명 대사의 도술이 어느 정도로 뛰어났는지 함께 알아보도록 해요.

7년 동안의 임진왜란이 끝난 뒤 사명 대사는 일본으로 건너갔어요. 일본에게 다시는 전쟁을 일으키지 않겠다는 약속을 받기 위해서였어요. 그리고 일본에 잡혀간 우리나라 사람들을 구해 오려는 목적도 있었지요.

일본 장군인 도쿠가와 이에야스는 사명 대사를 시험하기로 했어요. 부하들에게 사명 대사의 이야기를 들은 적이 있었거든요.

‘사명 대사가 아주 뛰어난 스님이라고 그랬지? 어디 얼마나 뛰어난지 시험해 봐야겠다.’

도쿠가와 이에야스는 부하에게 사명 대사가 목욕할 물에 독사와 물뱀을 가득 넣으라고 했어요.

목욕을 하러 간 사명 대사는 독사와 물뱀이 가득한 목욕물을 보

고도 놀라지 않았어요. 그저 손에 쥐고 있는 염주를 목욕물에 던질 뿐이었어요.

놀랍게도 염주는 독사와 물뱀이 있는 곳까지 가라앉지 않았어요. 물 한가운데에 둥둥 떠 있었지요. 목욕통 한가운데에 유리가 끼워 있었던 거예요. 독사와 물뱀은 그 밑에 있었고요. 그래서 언뜻 보면 물 안에 독사가 우글거리는 것처럼 보였던 거지요.

사명 대사는 태연히 목욕통 안으로 들어가서 목욕을 했어요.

이 사실을 안 도쿠가와 이에야스는 무척 놀라워했어요.

'정말 대단한 스님이구나. 어떻게 유리판 밑에 독사가 있다는 걸 알았을까?'

도쿠가와 이에야스는 사명 대사를 다시 한 번 시험해 보기로 했어요.

어느 날 밤, 일본 사람들이 사명 대사를 조그만 방으로 데리고 갔어요.

"오늘은 여기에서 주무십시오."

사명 대사는 일본 사람들의 속셈을 꿰뚫어보았어요.

'이놈들이 무슨 일을 꾸미고 있구나.'

사명 대사는 자리에 눕지 않고 방 한가운데에 똑바로 앉았어요. 언제, 무슨 일이 생길지 모르니까요. 조금 지나자 방 안이 점점 뜨거워지기 시작했어요. 사명 대사는 방바닥을 만져 보았어요. 방바닥에는 철판이 깔려 있었어요.

일본 사람들이 철판으로 방바닥을 만들고 그 밑에서 계속 불을 땠던 거예요.

방바닥은 시뻘겋게 달아올랐어요. 너무 뜨거워 나중에는 제대로 앉아 있을 수도 없었지요.

방 밖에는 일본 사람들이 빙 둘러서 있었어요. 사명 대사가 뜨거움을 참지 못하고 뛰쳐나오기를 기다리고 있었지요.

"밖으로 뛰쳐나오기만 해 봐라. 창피를 톡톡히 줘야지."

"그래. 사명 대사도 별 수 없을 거야. 조선 스님이 우리 일본 스님보다 더 훌륭하겠어?"

한 시간이 지나고 두 시간이 지났어요. 그래도 사명 대사는 밖으로 나오지 않았어요.

"이거 어떻게 된 거야? 안에서 타 죽은 거 아니야?"

"설마, 타 죽을 때까지 있겠어?"

"이상하잖아. 보통 사람이라면 저런 방에선 잠깐도 못 있을 텐데 말이야."

그 시간, 사명 대사는 '얼음'이라는 뜻의 한자를 써서 벽에 붙였

어요. 그리고 정신을 하나로 모으고 주문을 외웠지요.

　다음 날, 사명 대사가 있는 방문을 열어 본 일본 사람들은 소스라치게 놀랐어요. 밤새워 불을 땠던 방 안에 눈과 얼음이 가득하지 않겠어요? 사명 대사는 타 죽기는커녕 오들오들 떨고 있었어요. 그의 긴 수염에는 고드름이 달려 있었지요.

　사명 대사는 밖으로 나와서 일본 사람들을 꾸짖었어요.

"일본은 날씨가 우리나라보다 따뜻하다고 들었느니라. 그런데 어젯밤에는 너무 추워서 한잠도 잘 수 없었다. 손님 대접이 이래서야 되겠느냐!"

일본 사람들은 기가 팍 죽어서 아무 말도 할 수 없었어요. 도쿠가와 이에야스도 이 소식을 듣고 사명 대사를 존경하게 되었어요. 그래서 사명 대사는 일본에 잡혀간 우리나라 사람 수천 명을 무사히 데려올 수 있었지요.

백성들을 구한 사명 대사의 도술이 정말 대단하지요? 어떤 사람은 지금도 사명 대사의 영혼이 우리나라를 지켜 주고 있다고 해요. 그래서 표충비가 땀을 흘리는 거라고 말이에요.

표충비가 가장 땀을 많이 흘린 것은 1894년이에요. 이때에는 이곳저곳에서 난이 일어나 많은 사람이 싸우다 목숨을 잃었어요. 이 일을 '동학 농민 운동'이라고 해요.

표충비는 동학 농민 운동이 일어나기 7일 전부터 땀을 흘리기 시작했어요. 사람들은 큰일이 일어날 거라고 걱정했어요. 땀의 양이 자그마치 쌀 서 말보다 훨씬 많았으니까요.

신비한 것은 표충비가 땀을 아무리 흘려도 비석의 글씨가 지워지지 않는다는 거예요. 땀이 글씨 속으로 스며들지 않기 때문이

지요. 그래서 표충비의 글씨는 지금도 뚜렷하게 남아 있어요.

　표충비는 오늘도 두 눈을 부릅뜨고 우리나라를 지켜보고 있어요. 우리나라가 통일을 이루는 날이 오면 아마 기뻐서 땀을 흘리겠지요.

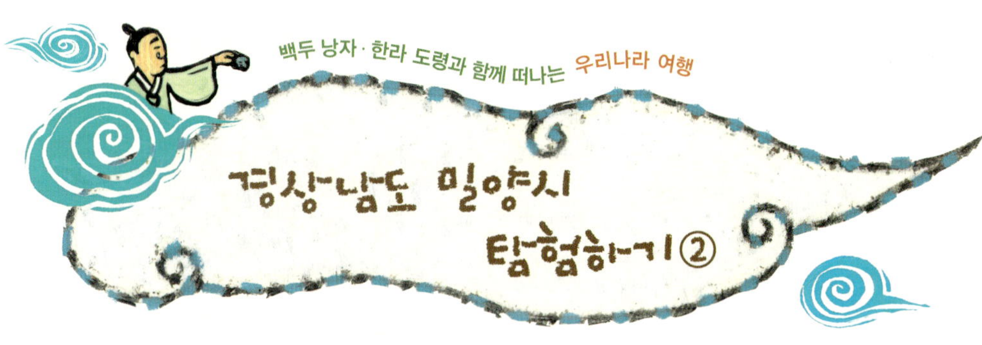

밀양시가 자랑할 만한 문화재 가운데 표충사가 있어요. 표충사는 신라 흥덕왕 때 지어진 절이에요. 지금은 사명 대사의 제사를 지내고 있는 곳이지요.

임진왜란이 일어나자 금강산에서 도를 닦던 사명 대사는 스님들로 이루어진 군인인 승병을 모아 나라를 구하기 위해 싸웠어요. 또한 임진왜란이 끝난 뒤에는 일본에 사신으로 가서 포로로 잡혀 있던 우리 백성 수천 명을 무사히 데리고 오는 공을 세웠답니다.

표충사에는 사명 대사가 살았을 때 사용하던 물건들이 보관되어 있어요. 사명 대사가 입었던 옷과 가지고 다녔던 지팡이, 읽던 책 등 300여 가지의 물

건들이 있지요. 이 가운데 국보 제75호인 '청동 함은 향완'이 있어요. 청동 함은 향완은 향불을 피우는 향로예요. 선조 임금이 사명 대사에게 선물로 준 귀한 것이지요.

표충사의 오른쪽과 왼쪽에는 깊은 계곡이 이어져 있어요. 이 계곡을 표충사 계곡이라고 하는데, 홍룡 폭포나 층층 폭포처럼 폭포가 여러 개 있어요.

자, 이번에는 다 함께 영취산으로 가 볼까요. 영취산에 올라가 신선한 공기를 듬뿍 마시고 만세도 불러 보세요. 기분이 한결 좋아질 거예요.

산에 올라갔다 오면 무척 피곤하겠지요? 땀도 많이 나고 말이에요. 이럴 때에는 부곡 온천으로 가세요. 그리고 좋은 물에 몸을 푹 담그고 피로를 말끔히 씻어 버리세요. 그렇다고 여행하며 보고 들은 것까지 몽땅 씻어 버리면 안 되겠지요.

팔만대장경의 비밀

不忝林
言世大東
亦由一本而
界凸舌曰其

경상남도 합천군에는 해인사가 있어요. 해인사는 802년 신라 애장왕 때 지어진 절이에요. 산속 깊은 곳에 푹 파묻혀 있는 모습은 정말 아름답지요.

해인사가 다른 절보다 더 아름답게 보이는 데에는 그만한 이유가 있어요. 세계에서 가장 귀한 보물 가운데 하나인 '팔만대장경'을 보관하고 있거든요.

팔만대장경은 부처님의 말씀을 나무 판에 새겨 놓은 거예요. 그 판의 숫자가 8만 1,340개라서 이름을 '팔만대장경'이라고 지었다고 해요.

세계 여러 나라 사람들은 팔만대장경을 보고 기적이라고 해요. 나무를 깎아서 만든 물건들은 오랜 시간이 지나면 썩거나 변해 버리게 마련인데, 팔만대장경은 만들어진 뒤부터 700년이 넘은 지금까지도 조금도 변하지 않았거든요.

더욱 신기한 것은 팔만대장경에 새겨진 한자의 글씨체가 똑같다는 거예요. 마치 한 사람이 새긴 것처럼 말이에요. 팔만대장경을 새기기 위해서 500명이 넘는 사람이 필요했다고 해요. 500명이 새긴 글씨가 어떻게 똑같을 수 있을까요? 그리고 팔만대장경이 썩지 않는 비밀은 무엇일까요?

그 비밀을 찾아 팔만대장경이 만들어진 고려 시대로 가 보기로 해요.

1233년 어느 날 아침, 병사 한 명이 헐레벌떡 강화도로 달려왔어요. 강화도는 김포 앞에 있는 섬이에요.

"전하! 몽골군이 마구 쳐들어오고 있사옵니다."

"뭐라고? 어서 병사들을 모아 적을 막아라! "

"몽골군이 너무 강해서 저희의 힘으로는 막을 수 없사옵니다."

임금은 너무나 속상했어요. 몽골은 원래 그다지 힘이 있는 나라는 아니었어요. 그런데 언젠가부터 나라의 힘이 점점 커지기 시작했지요. 그래서 중국의 금나라와 송나라도 몽골 때문에 아주 골치를 썩고 있었어요.

그런 사정은 고려도 마찬가지였어요. 임금이 몽골의 병사들에게 수도인 개성을 빼앗기고 강화도로 도망쳐 올 정도였으니까요.

임금은 신하들을 불러 모았어요. 몽골을 물리칠 방법을 찾기 위해서였어요.

"전하, 이런 때일수록 부처님의 힘을 빌려야 합니다."

“부처님의 힘을?”

“그렇사옵니다. 부처님의 말씀을 칼로 새겨서 대장경을 만들어야 하옵니다.”

“그렇게 하면 많은 사람들이 다른 일은 하나도 못하고 대장경만 만들 게 아니오.”

“기도하는 마음으로 대장경을 새기면 부처님께서 우리 고려를 구해 주실 것이옵니다.”

　고려 백성들은 그날부터 힘을 모아 대장경을 만들었어요. 가장
처음에 한 일은 나무를 베어 바닷물에 3년 동안 담그는 거였어요.
나무는 단단한 자작나무와 백화나무를 썼지요.

　3년이 지난 뒤에는 나무를 소금물에 삶았어요. 그런 다음 그늘
에서 완전히 말렸어요. 이 모든 일이 나무를 썩지 않게 하려는 노
력이었어요.

　"음, 이젠 글씨를 새겨도 되겠구나."

　사람들은 만족스러워하면서 '각수'를 불렀어요. 각수는 칼로 나
무 판에 글자를 새기는 사람이에요. 고려 시대에는 나무 판에 글
자를 새기고 이 판을 종이에 찍어 책을 만드는 기술이 뛰어났어

요. 그래서 일을 잘하는 각수들이 아주 많았지요.

　500명이 넘는 각수들은 한 글자씩 새길 때마다 부처님께 세 번 절을 했어요. 정성이 들어가야 좋은 대장경을 만들 수 있다고 생각했던 거예요.

　각수들은 날카로운 칼로 하루 종일 글자를 새겼어요. 칼을 조금만 잘못 움직여도 글자를 망쳤어요. 그러면 나무 판 하나를 처음부터 다시 새겨야 했지요. 나무 판 한 면에 들어가는 글자가 322자, 양면으로 치면 자그마치 644자나 되는데 말이에요.

　이렇게 수고스러운 과정을 거쳐 1248년에 마침내 팔만대장경이

완성되었어요. 팔만대장경에 새겨진 글자의 수는 약 5,200만 자나 된대요. 각수들이 이렇게 많은 글자를 새긴다는 것은 대단한 일이었어요. 16년 동안 잠도 거의 자지 않고 오로지 글자만 새긴 셈이니까요.

부처님께서 이런 정성을 어여쁘게 보신 걸까요. 몽골은 정말로 고려에서 물러갔어요.

그런데 걱정거리가 또 하나 생겼어요. 그때까지도 팔만대장경을 넣어 둘 장소가 없었거든요.

"합천에 있는 해인사에 보관하는 게 좋겠어요. 그곳은 산속 깊숙한 곳에 있어서 혹시 오랑캐들이 쳐들어온다고 해도 안전할 테니까요."

"그럽시다. 해인사에다 팔만대장경을 넣어 둘 수 있는 장경각을 만들어야겠어요."

고려 사람들은 장경각을 만드는 데 많은 정성을 기울였어요. 무엇보다도 가장 중요한 것은 장경각 안의 습도와 온도였어요. 습도는 공기 가운데 물방울이 섞여 있는 정도를 말하지요. 나무는 습도가 높으면 썩어 버려요. 반대로 습도가 낮으면 나무 판이 쪼개져 버리고요.

고려 사람들은 소금, 횟가루, 숯, 찰흙을 골고루 섞은 흙으로 장
경각 바닥을 덮었어요. 그리고 나무 판을 보관하는 선반을 바닥
과 떨어져 있도록 높이 만들었어요. 그렇게 해서 습도와 온도가
늘 알맞도록 만들었지요. 그리고 장경각의 창문도 잘 계산해서

만들어 바람이 잘 통하도록 했어요.

1970년대에 우리나라에서는 해인사 안에 새 장경각을 만들기로 했어요. 팔만대장경을 더욱 잘 보관하기 위해서였지요. 새 장경각은 2층짜리 현대식 건물이었어요.

"야! 멋있게 잘 지었네."

"이 건물이면 팔만대장경을 앞으로 천 년도 넘게 보관할 수 있을 거야."

사람들은 새 장경각을 보고 감탄했어요. 하지만 얼마 못 가서 새 장경각은 웃음거리가 되고 말았어요. 습도가 너무 높고 바람도 잘 통하지 않았기 때문이에요.

만약 옛날 장경각처럼 습도와 온도가 잘 맞게 하려면 한 달에 2백만 원에서 3백만 원이라는 큰돈을 들여야 했어요. 그래서 팔만대장경은 옛 장경각에 그대로 두게 되었어요.

"현대 과학 기술로도 따라 지을 수 없는 건물이 고려 시대에 지어졌다니!"

사람들은 이 믿을 수 없는 사실에 혀를 내둘렀어요. 500명이 한 사람처럼 똑같이 글자를 새긴 것도, 장경각이 그처럼 과학적으로 지어진 것도 아직까지 수수께끼로 남아 있지요.

　팔만대장경은 역사적으로도 가치가 높아요. 일본과 중국에서 만든 대장경도 모두 우리나라의 팔만대장경을 보고 흉내 낸 것들이지요.

　세계에서도 손꼽히는 보물인 팔만대장경은 앞으로도 오래오래 우리 곁에 있을 거예요.

경상남도 합천군 탐험하기

합천군에서 꼭 찾아가 보아야 할 곳은 홍류동이에요. 가야산 안에 있는 홍류동은 일 년 내내 아름다운 곳이지요. 홍류동에서 무엇보다도 아름다운 것은 농산정이에요. 농산정은 계곡에 지어 놓은 정자예요. 옛날 선비들은 정자 위에서 글을 읽기도 하고 시를 짓기도 했어요.

특히 농산정은 신라 말기의 천재로 널리 알려진 최치원이 공부하던 곳이에요. 18살에 당나라의 과거에 장원 급제한 최치원은 당나라에 '황소의 난'이라는 반란이 일어났을 때 황소의 난을 나무라는 글인 '토황소격문'을 쓴 것으로 유명해요.

반란을 일으켰던 황소가 최치원의 글을 읽다가 침상에서 굴러떨어졌을 정도로 문장이 **빼어났지요.** 결국 황소의 난은 실패로 끝났어요. 그 당시 당나라 사람들은 황소를 물리친 것은 칼이 아니라 최치원의 글이라고까지 말했다고 해요.

최치원은 이 농산정에서 책을 읽고 바둑을 두고는 했어요. 농산정 옆에는 최치원의 시를 새겨 놓은 비석도 있지요.

농산정에서 그리 멀지 않은 곳에 용문 폭포가 있어요. 용문 폭포는 높이가 7미터인 작은 폭포이지만 떨어지는 물소리는 웬만한 폭포보다 더 커요. 한겨울에 용문 폭포에 가면 길이 7미터의 기다란 얼음 덩어리를 볼 수 있어요.

이번에는 영암지사로 가 볼까요. 사적 제131호인 영암지사는 신라 시대 때 지어진 절이에요. 절 안으로 들어가면 쌍사자 석등이 있어요. 쌍사자 석등은 두 마리의 사자가 앞발을 쳐든 채 서로 마주보고 있는 모습을 돌에 새긴 거예요. 당장이라도 '으르렁' 하고 소리를 내지를 것만 같아요.

사자가 무서운 사람들은 얼른 황강으로 도망가세요. 황강은 합천에서 가장 큰 강이에요. 황강에는 함벽루가 있지요.

함벽루는 절벽 위에 지어 놓은 정자예요. 조선 시대 때의 유학자인 우암 송시열은 아름다운 경치에 감탄한 나머지, 함벽루라는 글자를 나무 판에 직접 쓰기도 했대요. 이때 글씨를 쓴 나무 판은 지금도 함벽루에 걸려 있어요.

걸어서 건너는
진도 앞바다

"아니, 이럴 수가!"

전라남도의 진도는 진돗개로 유명한 곳이에요. 어느 날 진도에 가 본 프랑스 사람 피에르 랑디는 깜짝 놀랐어요. 자기 나라인 프랑스에서는 한 번도 본 적이 없는 일을 보았기 때문이에요.

피에르 랑디는 프랑스 정부에서 우리나라로 보낸 대사였어요. 그는 자기가 진도에서 본 놀라운 일을 글로 써서 프랑스 신문에 실었어요.

신문을 읽은 프랑스 사람들은 무척 신기해했어요. 피에르 랑디의 글 내용이 너무나 놀라웠거든요.

피에르 랑디가 본 것은 무엇이었을까요? 그것은 바다가 두 갈래로 쫙 갈라지는 신비한 장면이었어요. 진도의 회동에서 시작되어 모도라는 섬까지 죽 이어져 생긴 바닷길을 본 것이지요.

　이 사실은 곧 세계 여러 나라에 알려졌어요. 특히 일본에서는 '모세의 기적'이라고 하며 떠들썩했어요. '모세의 기적'은 성경에 나오는 이야기예요. 모세가 이집트 사람들의 노예였던 이스라엘 백성들을 데리고 도망칠 때 홍해 바다가 쫙 갈라지는 기적이 일어났다고 해요. 그래서 사람들이 진도 바닷길을 '현대판 모세의 기적'이라고 부른 거지요.

　"이런 신기한 일을 보고만 있을 수는 없지."

　일본의 텔레비전 방송국인 엔에이치케이(NHK)는 '진도의 바닷길'이라는 특집 프로그램을

만들었어요. 이 프로그램은 사람들에게 좋은 평을 받았고 진도의 바닷길도 더욱 널리 알려졌어요.

진도 바닷길은 일 년에 두 번 크게 열려요. 바닷길이 열리는 시간은 한 시간에서 두 시간 사이로 짧아요. 길이는 무척 길어서 2.8 킬로미터나 되고요. 에스(S) 자 모양의 바닷길에는 바다 세계의 신비함이 가득해요.

조개와 전복이 빠끔빠끔 숨을 쉬고, 낙지가 긴 다리를 꾸불꾸불 움직이며 기어가요. 바다에서 자라는 풀들도 쉽게 볼 수 있어요.

어떻게 이런 일이 생기는 걸까요? 과학자들은 바닷길

이 생기는 곳의 땅 모양을 연구했어요. 놀랍게도 바닷길이 생기는 곳에는 조개껍데기와 흙이 가득 쌓여 있었어요. 그래서 다른 바닷속 땅보다 훨씬 높았지요.

'음, 진도의 바닷길은 꼭 높은 산처럼 생겼구나. 하지만 이것이 바닷길이 열리는 이유가 될 수는 없는데…….'

과학자들은 더욱 열심히 연구했어요. 이렇게 해서 밝혀 낸 이유가 '밀물과 썰물의 차이'였어요.

바닷물이 땅으로 밀려 들어오는 것을 밀물, 빠져나가는 것을 썰

물이라고 해요. 밀물과 썰물의 차이가 무척 클 때 바다 사이에는 넓은 땅이 생기지요. 진흙처럼 질퍽질퍽한 이 땅을 '갯벌'이라고 불러요. 사람들은 갯벌에서 조개와 게를 잡고는 해요.

진도의 바닷길도 밀물과 썰물의 차이 때문에 생기는 거예요. 바닷속 다른 곳보다 땅이 훨씬 높아서 밀물과 썰물의 차이가 생기면서 바닷길이 생기게 된 거지요.

하지만 진도에 사는 사람들은 과학자들의 말을 믿지 않았어요. 그보다는 먼 옛날부터 전해 내려오는 이야기를 더 믿었지요.

지금으로부터 약 600여 년 전의 일이에요. 하루는 손동지라는 사람이 배를 탔어요. 손동지는 나라에서 일을 하는 벼슬아치였어요. 그런데 못된 사람들이 임금에게 손동지에 대해 나쁘게 말을 하는 바람에, 임금은 화가 나서 손동지를 멀리 제주도로 보내 버렸어요.

제주도로 가는 길에 배 위에 앉아 있던 손동지는 깜짝 놀랐어요. 하늘에 시커먼 구름이 몰려들고 바람이 거세게 불어왔거든요. 폭풍우가 몰아치려는 거였어요.

손동지는 무서워서 오들오들 떨었어요. 굵은 빗방울이 떨어지고 파도가 집채만큼 커졌어요. 손동지가 탄 배는 거친 파도 속에서 이리저리 흔들렸어요. 곧이어 커다란 파도가 배를 향해 괴물처럼 달려들었어요.

"우르릉, 쾅쾅!"

번개가 내리치는 바다 위에 배가 더는 보이지 않았어요. 물속으로 가라앉은 거예요.

다음 날 아침, 진도의 회동 마을 사람들은 바닷가에 누군가 쓰러져 있는 것을 보았어요. 마을 사람들은 얼른 달려가서 쓰러져 있는 사람을 안아 올렸어요. 그 사람은 바로 손동지였어요.

마을 사람들은 손동지를 등에 업고 집으로 갔어요. 그러고는 정성껏 보살폈어요. 며칠 뒤 손동지는 건강한 몸을 되찾을 수 있었어요.

'제주도로 쫓겨 내려가던 내가 여기에 온 건 다 하늘의 뜻일 거야. 이 사람들을 도우면서 평생 여기에서 살아야지.'

손동지는 마을 사람들과 같이 고기를 잡았어요. 마을 아이들한테 글도 가르쳐 주었고요. 마을 사람들은 모두 손동지를 좋아하고 따랐어요.

손동지는 회동 마을에 사는 예쁜 여자와 결혼도 했어요. 시간이 흐르고 흘러서 손동지는 어느덧 할아버지가 되었어요. 머리카

락이 하얗게 변하고 몸도 약해졌지요.

어느 날, 손동지가 자식들을 불러 모았어요.

"나는 죽어서도 이 마을을 지킬 것이다. 도움이 필요한 일이 생기면 나한테 도움을 청하도록 해라."

손동지는 이렇게 말을 남기고 세상을 떠났어요. 그로부터 200여 년이 지났어요. 손동지의 핏줄을 이어받은 사람 가운데 뽕 할머니가 있었어요. 성이 봉 씨여서 사람들이 뽕 할머니라고 부른

거예요.

뽕 할머니는 모도라는 섬으로 간 자식들이 보고 싶어서 날마다 눈물을 흘렸어요. 뽕 할머니의 자식들은 일본 사람들이 쳐들어오자 이들을 피해서 모도로 도망을 갔지요.

일본 사람들은 종종 진도로 쳐들어와서 먹을 것과 입을 것을 빼앗아 갔어요. 자식들이 도망갈 때 뽕 할머니도 따라가고 싶었지만 자식들은 뽕 할머니를 말렸어요.

"여기에서 모도까지 가려면 배를 타야 돼요. 어머니는 나이가 너무 많아서 배를 타실 수 없어요."

이렇게 해서 뽕 할머니 혼자 남게 된 거예요. 훌쩍훌쩍 울던 할머니에게 좋은 생각이 떠올랐어요.

'옳거니! 내 조상들 가운데 손동지라는 분이 있다고 했지. 그분은 마을을 지키는 수호신이 되었다고 했어. 그분한테 날 모도로 보내 달라고 빌어야겠다.'

뽕 할머니는 그날부터 손동지에게 소원을 빌었어요. 자기를 모도로 보내 달라고 말이에요.

그러던 어느 날이었어요. 놀랍게도 바닷물이 두 갈래로 쫙 갈라지면서 길이 생기는 게 아니겠어요? 그 길은 회동에서 모도까지

이어져 있었어요. 손동지가 할머니의
소원을 들어준 거예요.
　이때부터 진도의 바닷길이 열리게 되
었다고 해요.
　진도 사람들의 이야기와 과학자들의 말
가운데 어느 것이 맞는 걸까요? 어쩌면 또
다른 비밀이 숨어 있는 것은 아닐까요?

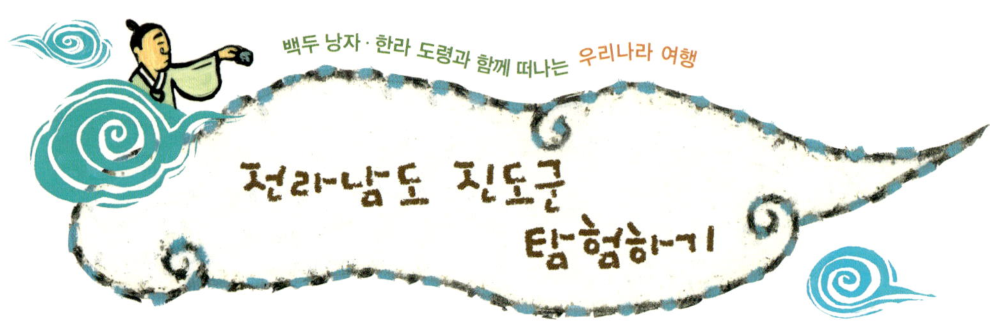

　우리나라 섬 가운데 세 번째로 큰 진도는 동물과 식물의 천국이에요. 우리가 잘 아는 진돗개도 있고, 백조도 자주 날아오거든요.

　백조를 보고 싶은 사람은 군내면에 가면 돼요. 한겨울에 백조 떼가 한꺼번에 날아오르면 그 모습이 마치 눈송이가 날리는 것처럼 보이지요. 예부터 백조는 좋은 일을 알리는 새라고 전해져요. 진도 사람들은 백조가 많이 날아오면 그해에 풍년이 든다며 백조를 반긴답니다.

　금골산에 있는 나무들도 이 백조들만큼이나 아름다워요. 진도 사람들은 금골산을 '진도의 금강산'이라고 불러요. 경치가 정말 아름답거든요.

　금골산은 개골산이라고도 불려요. 마치 개구리가 넙죽 엎드려 있는 것 같은 모양을 하고 있기 때문이지요. 이곳에는 보물 제529호인 오층 석탑과 1470년쯤 만들어진 3.5미터 크기의 미륵불이 있어요. 원래 미륵불의 배꼽에서 쌀이 나왔는데, 어떤 사람이 그 쌀에 욕심을 부린 다음부터 나오지 않는다는 전설이 전해지고 있어요.

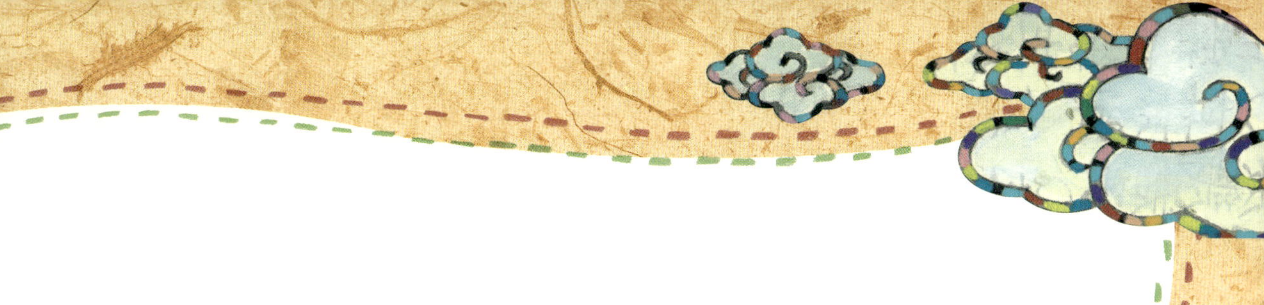

　자, 이제 고군면으로 가 볼까요. 고군면에는 고려 시대에 지어진 용장 산성이 있어요.

　1231년 북쪽에서 몽골이 우리나라로 쳐들어왔어요. 몽골은 중국의 송나라를 이긴 거대한 나라였어요. 고려의 군사들은 나라를 지키기 위해 온 힘을 다해 싸웠어요. 하지만 수가 모자라 남쪽으로 점점 밀려 내려갔지요.

　고려에서는 삼별초라는 특수 부대를 만들었어요. 삼별초는 진도의 고군면에 성을 쌓고 몽골 군사와 끝까지 싸웠어요. 이때 지은 성이 바로 용장 산성이에요. 목숨을 아끼지 않고 나라를 지키기 위해 싸웠던 우리 조상들이 정말 자랑스럽지요?

　이 밖에도 진도에는 진도 민속 박물관과 진도 무형 문화재 전수 회관이 있어요. 특히 진도 무형 문화재 전수 회관에 가면 진도 아리랑, 진도 육자배기 같은 노래들도 들을 수 있답니다.

산 위에 있는 바다 동굴

우리나라 남쪽 바다에는 큰 섬, 제주도가 있어요. 이 섬은 바닷속에서 화산이 폭발해서 만들어졌어요. 화산이 폭발할 때 바다 밑의 땅이 위로 솟아올라 섬이 된 거예요. 제주도의 한라산도 이때 만들어졌지요.

제주도에서 무엇보다도 흥미로운 것은 '산방굴사'예요. 산방굴사란 '산방굴에 있는 절'이라는 뜻이지요.

산방굴사가 있는 산방산은 남제주군 쪽에 있어요. 산방산을 쭉 올라가면 산방굴이 나타나요. 산방굴은 바닷가에서나 볼 수 있는 '해식 동굴'이에요. 해식 동굴은 아주 오랜 시간에 걸쳐 만들어져요. 바다의 파도가 수천 번, 수만 번 부딪혀서 바위를 깎아 만든 동굴이지요.

그렇다면 바닷가에서나 볼 수 있는 해식 동굴이 어떻게 산 위에도 있는 걸까요? 힘센 거인이 바닷가에 있는 동굴을 번쩍 들어서 산방산 위로 던진 걸까요?

땅을 연구하는 지질 학자들은 산방산이 예전에는 바닷가에 있었다고 해요.

맨 처음 화산이 폭발했을 때 제주도는 지금 같은 모습이 아니었어요. 한가운데만 불쑥 올라오고 나머지 땅은 바닷물에 찰랑찰랑

잠겨 있었지요.

100만여 년이 지나는 동안 제주도에는 크고 작은 화산 폭발이 여러 번 있었어요. 화산이 한 번 폭발할 때마다 제주도는 점점 바다 위로 떠올랐어요. 그러면서 산방산도 점점 위로 떠올랐지요. 그래서 지금 산방산 위에 해식 동굴이 있는 거라고 해요.

하지만 제주도 사람들은 산방산이 부처님의 힘으로 솟아올랐다고 생각해요. 그리고 산방굴에 있는 불상이 제주도를 지켜 준다고 믿고 있지요. 산방굴 안에는 정말로 작은 불상이 놓여 있어요. 제주도 사람들의 할아버지, 그 할아버지의 할아버지 때부터 불상이 있었대요.

제주도 사람들의 말과 학자들의 말 가운데 어느 것이 사실일까요? 학자들의 말은 앞에서 들어 보았으니 이번에는 제주도 사람들의 이야기를 들어 보기로 해요.

지금부터 약 800년 전의 일이에요. 제주도에서는 집집마다 울음소리가 끊이질 않았어요. 전염병이 돌아서 많은 사람들이 죽어 나갔던 거예요.

살아남은 사람들은 함께 모여 부처님께 기도를 드렸어요.

"부처님, 저희를 살려 주세요."

사람들의 간절한 기도 소리는 부처님의 마

음을 움직였어요. 부처님은 도술을 아주 잘 부리는 스님을 제주
도로 보냈어요. 하지만 마을 사람들은 그 스님을 반가워하지 않
았어요.

"우리가 원하는 것은 병을 고치는 거야."

"맞아! 우리 먹을 것도 없는데 스님이 오면 먹을 것을 나눠 줘야
하잖아."

사람들은 스님을 멀리 내쫓아 버렸어요. 스님은 그래도 화를 내
지 않았어요.

'전염병이 너무 오래 돌아서 사람들의 마음이 악해졌구나. 빨리
저들의 병을 고쳐야 할 텐데……. 나무 관세음보살.'

스님은 마을에서 멀리 떨어진 바닷가로 갔어요. 온종일 바닷가
를 걷다가 큰 동굴을 발견했지요. 그 동굴은 바닷물에 반 정도 잠
겨 있었어요. 파도가 바위를 깎아서 만든 해식 동굴이었어요.

'부처님의 상을 모셔 놓기에 아주 좋은 동굴이구나.'

스님은 그 동굴이 마음에 꼭 들었어요. 스님은 다음 날부터 그
동굴 앞에 앉아서 기도를 했어요. 하루가 지나고 이틀이 지나도
스님은 꼼짝도 하지 않았어요.

마을 사람들은 스님을 손가락질하며 비웃었어요.

“저렇게 앉아만 있는다고 전염병이 없어지나?”

“아무래도 저 중은 땡중인가 봐. 아마 육지에 있는 절에서 쫓겨 났을 거야.”

하지만 스님은 마을 사람들의 말은 들은 척도 하지 않았어요. 그저 열심히 기도만 할 뿐이었어요.

그러기 시작한 지 7일째 되는 날이었어요. 갑자기 땅이 마구 흔 들리기 시작했어요. 병에 걸려서 방 안에 누워 있던 사람들은 울 음을 터뜨렸어요.

“아이고, 세상이 망하려나 봐.”

“이제 꼼짝없이 죽었구나.”

땅은 무척 세게 흔들렸어요. ‘콰르릉’ 하고 땅이 갈라지는 소리 가 들리더니 하늘에서는 비가 쏟아져 내리고 바람이 거세게 불었 어요.

한참이 지났어요. 이제 땅도 흔들리지 않았어요. 어느 사이에 비도 그쳤지요. 방문을 열어 본 마을 사람들은 깜짝 놀랐어요.

글쎄, 예전에 보지 못했던 산 하나가 우뚝 솟아 있는 게 아니겠 어요? 그리고 그 산 위에는 스님이 서 있었어요. 사람들은 그제 야 스님을 쫓아 낸 것을 뉘우쳤어요.

사람들은 방에서 뛰어나와 땅바닥에 무릎을 꿇었어요.

"스님! 저희를 용서해 주세요."

"부처님께 죽을죄를 지었어요."

스님은 공중을 날아서 마을 사람들이 있는 곳으로 왔어요.

"부처님께서는 다 용서하실 겁니다. 일어나세요. 어서 병을 고쳐야지요."

스님은 병에 걸린 사람들을 등에 업고 산 위로 올라갔어요. 산 위에는 아담한 동굴이 있었어요.

"동굴 안에 들어가 앉으세요. 천장에서 물이 떨어질 겁니다."

사람들은 스님의 말을 따랐어요. 동굴 천장에서 떨어지는 물을 온몸에 맞으니 신기하게도 병이 깨끗이 나았어요. 그 물은 보통 물이 아니었어요. 스님이 도술을 부려서 만든 약수였던 거예요.

마을 사람들은 건강한 몸을 되찾았어요.

"스님! 스님의 은혜를 갚고 싶어요."

"정말 감사해요. 스님 덕분에 목숨을 건졌어요."

마을 사람들은 스님에게 먹을 것과 입을 것을 가져왔어요. 어떤 사람은 보석을 가져오기도 했어요. 하지만 스님은 아무것도 받지 않았어요.

"아닙니다. 제가 한 일은 하나도 없습니다. 모두 부처님의 뜻이
지요. 여러분이 은혜를 갚고 싶다면 작은 불상을 하나만 만들어
주십시오."

마을 사람들은 정성껏 불상을 만들었어요. 스님은 불상을 산 위
에 있는 동굴 안에 가져다 놓았어요.

"이 불상이 동굴 안에 있는 한, 이 마을에는 나쁜 병이 생기지 않을 겁니다."

자기가 할 일을 끝낸 스님은 배를 타고 멀리 사라졌어요. 마을 사람들은 그 산을 산방산이라고 불렀어요. 그리고 산 위에 있는 굴은 산방굴이라고 이름 지었어요.

산방굴에는 늘 많은 사람들이 찾아왔어요. 굴 안에 있는 불상에게 기도하기 위해서였지요. 그래서 나중에는 산방굴을 '산방굴에 있는 절'이란 뜻으로 '산방굴사'로 부르게 된 거라고 해요.

그런데 한 가지 이상한 점이 있어요. 왜 제주도의 다른 산들을 모두 놓아두고 하필이면 산방산 위에 해식 동굴이 있는 걸까요? 아주 오래전에는 제주도 전체가 바닷속에 잠겨 있었으니, 해식 동굴이 있으려면 산방산 말고 다른 산에도 다 있어야 할 텐데 말이에요.

산방산은 정말로 부처님이 선택한 산일까요?

제주도 탐험하기

제주도에서 가장 볼 것이 많은 곳은 중문 관광 단지예요. 관광 단지 안에는 동양에서 가장 큰 식물원인 여미지가 있어요.

여미지에는 세계 여러 나라의 꽃과 나무가 있어요. 엄청나게 큰 선인장도 있고요. 또한 크고 작은 연못이 있어서 무척 멋있어요. 희귀한 꽃과 나무들도 많은데, 그 가운데 세계에서 가장 큰 과실이 열리는 '잭 프루트'는 과일이 아니라 커다란 돌덩이가 나무에 매달려 있는 것처럼 보인답니다. 인도, 브라질 등에서 자라는 이 과일은 무게가 무려 40킬로그램이나 되거든요.

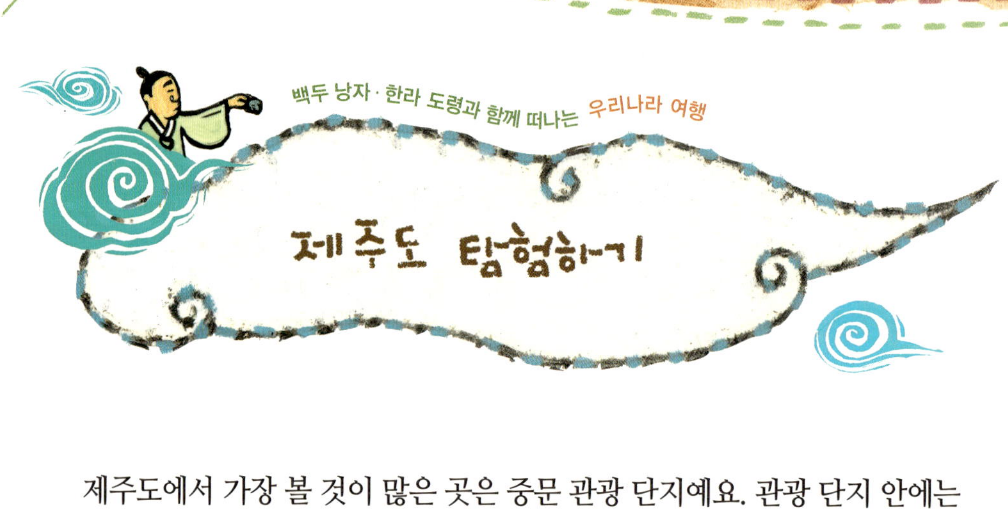

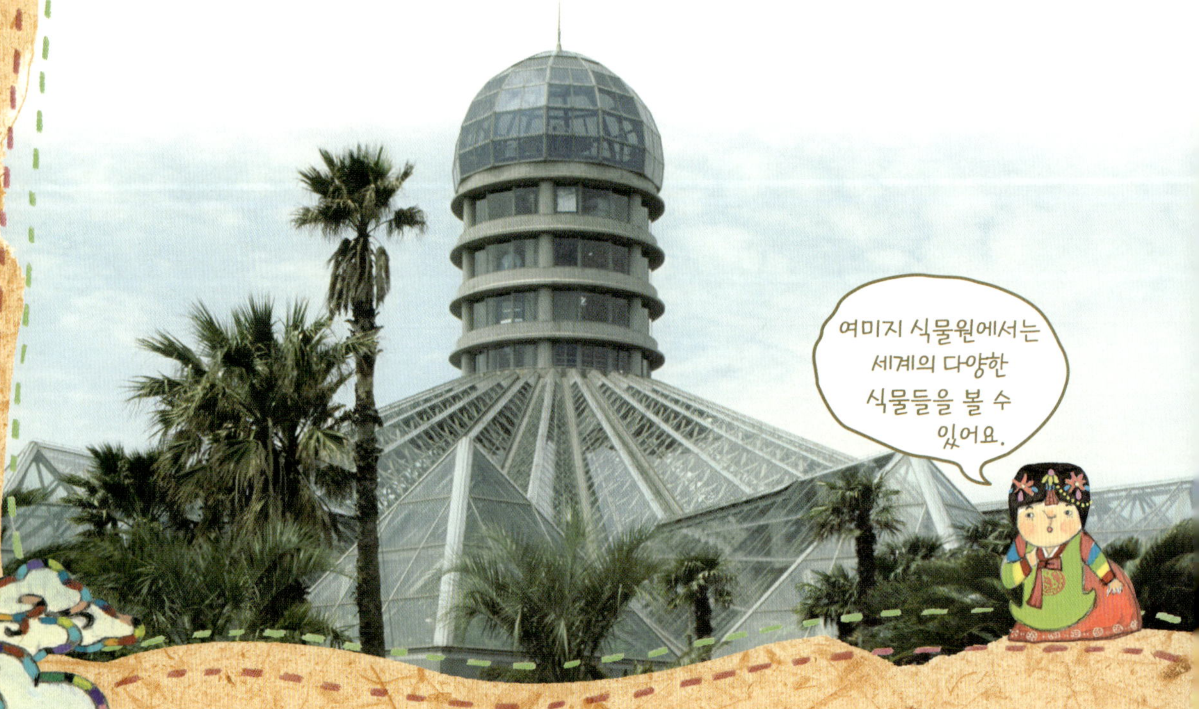

여미지를 다 본 사람은 세계 여러 나라의 정원에도 가 보세요. 프랑스와 일본 등 여러 나라의 특색을 살린 정원들이 잘 꾸며져 있거든요.

이번에는 중문 관광 단지 옆에 있는 천제연 폭포로 가 볼까요. 멋진 3단 폭포인 천제연 폭포는 정방 폭포, 천지연 폭포와 함께 제주 3대 폭포에 속하지요. 아주 먼 옛날 하늘 나라 선녀들이 밤중에 이곳에 내려와서 목욕을 했다고 해요. 그래서 폭포 이름을 '천제연'이라고 지은 거래요.

산방산의 서쪽에 있는 협재 해수욕장도 가 볼 만한 곳이에요. 협재 해수욕장에 있는 모래는 아주 희고 조개껍데기가 많은 것으로 유명해요. 바다 앞에 서면 멀리 비양도라는 섬이 보이지요.

또한 해수욕장 주변에는 협재굴, 쌍룡굴, 황금굴 등 자연 동굴이 아주 많아요. 그래서 이곳을 '협재 용암 동굴 지대'라고 부르지요. 경치가 아름다워서 천연 기념물 제236호로 정해졌어요.

이 밖에도 제주 민속촌, 성읍 민속촌 등 옛날 제주 사람들이 살았던 모습을 그대로 보고 체험할 수 있는 곳도 있답니다.

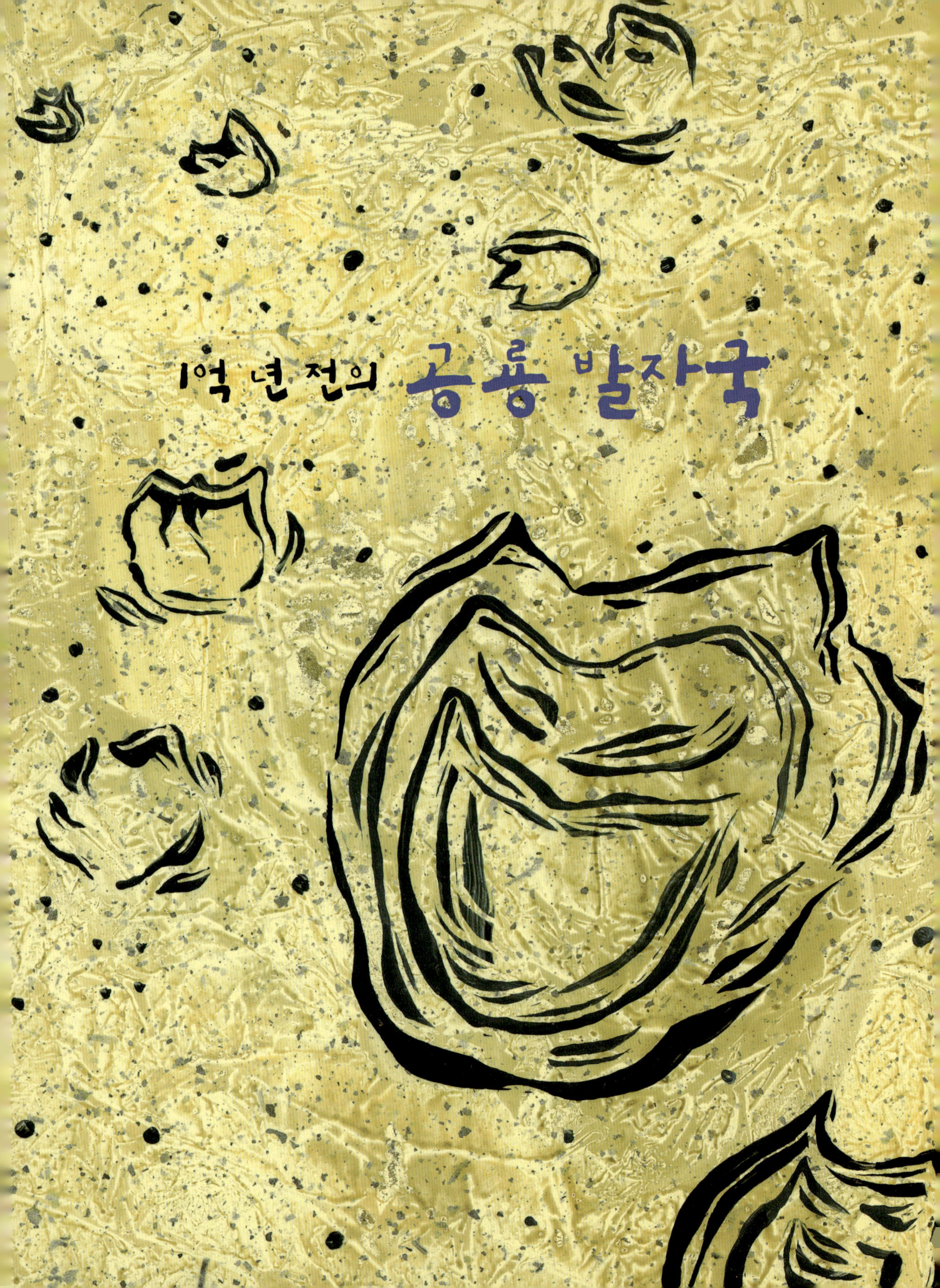
1억 년 전의 공룡 발자국

"헉!"

아이들은 겁먹은 눈으로 위를 올려다보았어요. 몸이 떨려서 손가락 하나 까딱할 수 없었어요. 집채만 한 공룡이 커다란 눈동자를 이리저리 굴리고 있었어요. 몸은 울퉁불퉁하고 이빨은 무쇠처럼 날카로웠지요.

"쿵! 쿵! 쿵!"

공룡이 걸어간 뒤로 커다란 발자국이 남아 있었어요. 아이들의 얼굴은 식은땀으로 뒤범벅이 되었어요.

이 무시무시한 일이 어디에서 있었던 일인지 궁금하지요? 바로 영화 '쥐라기 공원'에 나오는 한 장면이에요.

공룡은 약 1억 년 전에 지구에 살았어요. 하늘, 땅, 바다 어디에든 공룡들이 많았지요.

그 가운데에서 가장 사나운 공룡은 티라노사우루스였어요. 굵은 꼬리를 힘차게 휘두르면서 두 발로 서서 걸어다녔어요. 머리

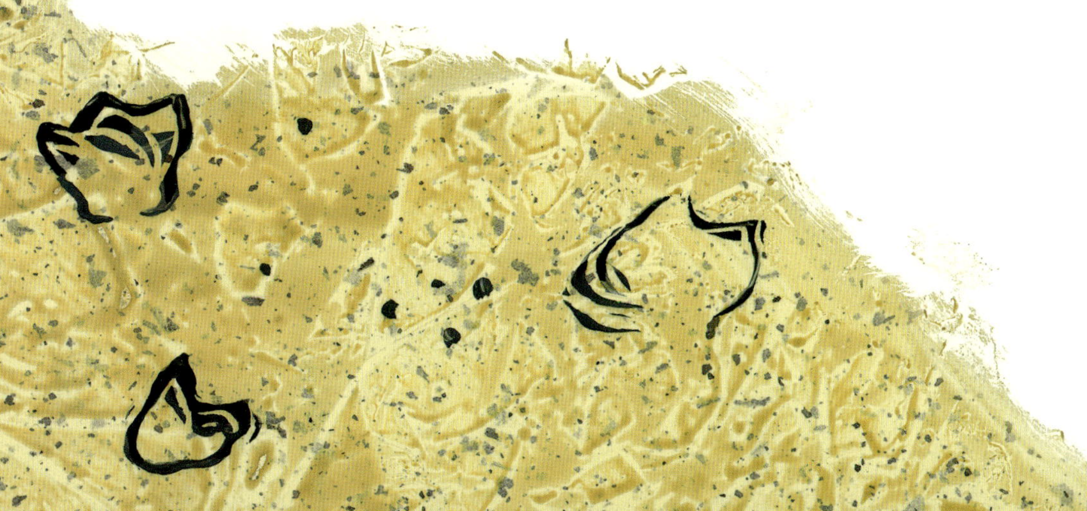

도 무척 좋았어요. 그래서 다른 공룡들은 티라노사우루스를 무서워했지요.

한번 상상해 보세요. 티라노사우루스가 지금 우리 앞에 나타났다고 말이에요. 생각만 해도 등골이 오싹해지지요? 지금부터 공룡들이 살았던 곳으로 함께 가 볼까요.

1982년 경상남도 고성군에 있는 덕명리 해안에 대학생들이 지질 조사를 하러 찾아왔어요. 지질 조사란 땅이 어떻게 생겼나 알아보는 거예요.

"어, 이게 뭐지?"

한 학생이 깜짝 놀라 소리쳤어요. 주변에 있던 학생들과 교수님이 달려왔어요.

"무엇을 발견했니?"

"네, 교수님. 무슨 뼈 같아요."

교수님은 깜짝 놀랐어요. 그 뼈는 보통 동물의 뼈보다 훨씬 컸거든요.

"이 뼈를 연구실로 가져가서 자세히 알아봐야겠다."

그 뼈는 바로 공룡의 뼈였어요. 이 사실을 안 많은 학자들이 덕명리 해안으로 급히 달려왔어요. 이곳에는 공룡의 뼈만 있는 게 아니었어요. 커다란 바위 위에 공룡 발자국도 찍혀 있었어요.

　"우리나라에서는 공룡이 살지 않았는 줄 알았는데……."

　사람들은 무척 기뻐했어요. 그리고 한국에 공룡 발자국이 있다는 사실을 전 세계에 알렸어요.

　"한국에도 공룡이 살고 있었단 말이야?"

　"아마 조금 살았을 테지. 한국처럼 조그만 나라에서 공룡이 많이 살았겠어?"

　외국 사람들은 우리나라가 조그맣다고 얕보았어요. 하지만 곧 우리나라에 있는 공룡 발자국이 무척 특별하다는 것을 알게 되었어요.

  이제까지 다른 나라에서 발견된 공룡 발자국은 한두 가지 종류 뿐이었어요. 그런데 우리나라에서는 여러 종류의 공룡 발자국이 한꺼번에 나타났거든요. 생각할수록 이상한 일이었어요.

  "정말 수수께끼야. 어떻게 여러 종류의 공룡들이 함께 모여 살았을까?"

  "예전에 한국의 경상도 지방이 공룡들이 살기에 무척 좋은 곳이었나 봐."

  외국 사람들은 우리나라의 공룡 발자국을 믿을 수 없었어요. 그 이유는 공룡들은 본래 같은 종류끼리 떼 지어 살기 때문이에요.

동물원에 가면 코끼리는 코끼리끼리, 원숭이는 원숭이끼리 모여 사는 것처럼요. 그런데 어떻게 우리나라에는 여러 종류의 공룡 발자국이 한곳에 모여 있는 걸까요?

사나운 육식 공룡과 순한 초식 공룡이 사이좋게 어울려 살았을까요? 아니에요. 종류가 다른 공룡들이 한데 어울려 살 수는 없어요. 한쪽은 잡아먹고 한쪽은 잡아먹히는 관계이니까요.

그리고 수수께끼의 이 발자국 가운데에는 우리나라에서 처음으로 발견된 공룡 발자국도 있어요. 그 공룡의 이름은 우리나라의 영어 이름인 '코리아'를 본떠서 지은 '코리아노사우루스'예요. 코리아노사우루스는 외국에서 발견된 것 가운데 가장 큰 티라노사우루스보다 2~3배나 커요. 고기를 먹고 사는 육식 공룡이었어요.

이 밖에도 무게가 80톤이나 나가는 울트라사우루스와 공룡 가운데 가장 사나운 티라노사우루스의 발자국도 있지요.

공룡에 얽힌 수수께끼를 한 가지만 더 알아볼까요? 경상남도 덕명리 해안에서 멀지 않은 곳에 '청로동 계곡'이 있는데, 이 계곡의 흙 색깔은 어두운 빨간색이에요. 그런데 공룡을 연구하는 학자들은 공룡들이 한꺼번에 죽은 곳의 흙은 나중에 어두운 빨간색으로 변한다고 해요. 그래서 청로동 계곡을 파면 많은 공룡 뼈가

쏟아져 나올 거라고 해요. 그래서 사람들은 이 청로동 계곡을 공

룡들의 공동 묘지라고 부르지요.

 그렇다면 왜 공룡들이 청로동 계곡에서 한꺼번에 죽었을까요?

　1억여 년 전 지구는 공룡들의 천국이었어요. 먹을 것도 많고 날씨도 따뜻했어요. 공룡들은 산과 들을 돌아다니면서 자유롭게 살았어요.

　그러던 어느 날이었어요. 날씨가 점점 추워지면서 나무와 풀이 얼어 죽었어요. 공룡들은 먹을 것이 있는 곳을 찾아 이곳저곳 돌아다녔지요. 그래서 마지막으로 찾아온 곳이 한반도의 경상도 지방이었어요. 그때 우리나라는 지금보다 훨씬 더 남쪽에 있어서 날씨가 늘 따뜻했지요.

　세계 곳곳에서 모여든 공룡들은 같은 종류끼리 떼 지어 살았어요. 그런데 모여드는 공룡들의 수가 점점 많아졌어요. 먹을 것은 그대로인데 말이에요. 나중에는 먹을 것이 모자랄 정도로 공룡들이 많아졌어요.

　이제 공룡들은 더는 사이좋게 지내지 않았어요. 서로 먹을 것을 빼앗으려고 눈에 불을 켜고 싸웠지요.

　큰 공룡, 작은 공룡, 날아다니는 공룡······. 공룡들의 싸움은 쉴 새 없이 계속되었어요. 그때 땅이 흔들리기 시작했어요. 화산이 폭발하려는 거였어요.

　공룡들은 싸우다 말고 도망쳤어요. 화산에서는 뜨거운 액체인

용암이 쏟아져 나와서 공룡들을 덮쳤어요. 많은 공룡들이 도망치
다가 절벽 아래로 떨어졌어요.

여러 종류의 공룡 발자국은 바로 이때 생긴 거예요. 공룡들이
서로 싸우다가 도망친 자국이 지금까지 남아 있는 거지요.

정말이냐고요? 궁금한 사람은 수수께끼의 공룡 발자국이 남아

있는 경상남도 고성으로 찾아가 보세요. 세계에서 세 손가락에

꼽힐 만큼 공룡 발자국이 많은 곳으로 말이에요.

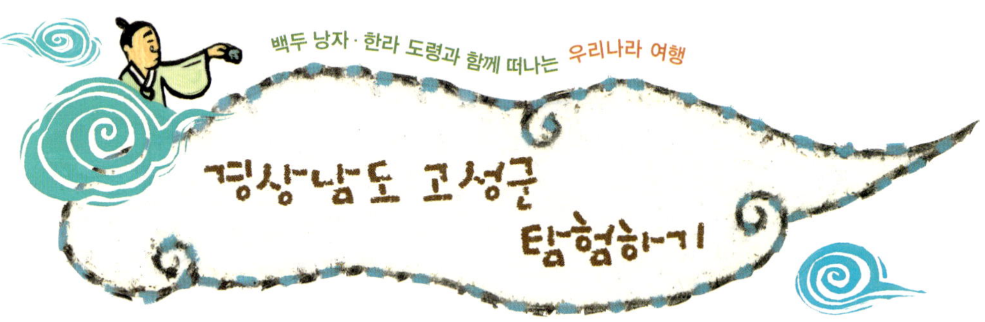

공룡 발자국을 보고 깜짝 놀랐다고요? 그렇다면 마음을 안정시킬 수 있는 조용한 곳으로 가 보는 것이 좋겠네요. 가까운 곳에 있는 연화산 도립 공원으로 가 볼까요.

연화산은 높지 않아서 올라가기가 쉬워요. 나무도 무척 많아요. 더운 여름에도 숲 속에 들어가면 아주 시원하지요.

산을 계속 오르면 땀도 나고 목도 마를 거예요. 콜라 같은 탄산음료를 마시고 싶다고요? 조금만 더 참으세요. 옥천사에 가면 기가 막히게 시원하고 맛있는 물을 마실 수 있거든요.

옥천사는 연화산에 있는 절이에요. 신라 문무왕 때 의상 대사가 세웠어요. 의상 대사는 원효 대사와 함께 불교를 크게 발전시킨 신라의 대표적인 스님이지요.

옥천사는 주변 경치가 아름다워서 꼭 산속에 그림을 그려 놓은 것 같아요. 옥천사에는 맑은 물이 퐁퐁 솟아나오는 약수가 있어요. 이 약수의 이름이 옥천이에요. '옥'은 보석의 한 종류예요. 보석처럼 맑고 깨끗한 물이라고 해서 '옥천'이라고 부른 거지요. 그래서 절 이름도 약수의 이름을 따서 '옥천사'라고 지은 거래요.

　　이번에는 장기리에 있는 구절산으로 가 보기로 해요. 구절산에는 높이가 15미터인 폭포가 있어요. 이 폭포는 한겨울에도 얼지 않아요. 폭포 주위에는 백 명이 앉을 수 있는 커다란 보덕굴이 있지요. 보덕굴 앞에 있는 흔들바위에는 재미있는 전설이 전해 내려오고 있어요.

　　아주 먼 옛날, 폭포에 용 한 마리가 살고 있었어요. 하늘로 올라갈 날만 기다리며 도를 닦고 있었지요. 드디어 하늘로 올라가는 날, 용은 하늘 높이 솟구쳐 오르다가 하필이면 동네 아낙들이 목욕하는 모습을 보고 말았어요. 그 순간 하늘에서 번개가 내리치며 용의 꼬리를 잘라 버렸어요. 용은 곧바로 아래로 떨어지기 시작했고 땅에 닿는 순간 흔들바위로 변하고 말았어요.

　　이름이 신선암인 이 흔들바위는 천하장사가 밀어도 산 밑으로 떨어지지 않는다고 해요. 정말일까요?

교과가 튼튼해지는
우리 것 우리 얘기

신비로운 수수께끼가 숨어 있는 우리나라의 자연과 문화에 대한 이야기, 잘 읽어 보셨나요?

수수께끼를 풀기 위해 많은 학자가 끊임 없이 연구하고 실험했지만, 우리나라 곳곳에는 여전히 풀리지 않은 수수께끼를 간직한 이야기들이 숨어 있답니다.

역사 속에 숨어 있는 그리고 과학으로도 풀 수 없는 수수께끼에는 어떤 것들이 있는지 좀 더 알아볼까요?

알쏭달쏭 알 수 없는 역사 속 수수께끼

"어떻게 그런 일이 생길 수 있었을까?" 생각할수록 알쏭달쏭한 수수께끼 같은 일들! 우리 역사 속에 꼭꼭 숨어 있는 이야기를 찾아 여행을 떠나 볼까요?

스스로 움직이는 바위, 의암

경상남도 진주시 남성동의 진주성에는 촉석루라는 누각이 있어요. 그 아래로 남강이 흐르고 있지요. 남강의 암벽 옆에 넓적한 바위 하나가 물 밖으로 얼굴을 내밀고 있어요. 이 바위가 바로 진주 8경 가운데 하나인 남강 의암이에요.

이 바위에는 임진왜란 때 논개라는 기생이 일본 장수의 허리를 껴안고 물로 뛰어들었다는 이야기가 전해져요. 그래서 '의리를 세운 바위'라는 뜻으로 '의암'이라고 하지요.

이 바위는 평소에 눈에 띄지 않을 정도로 천천히 움직인다고 해요. 어떤 때에는 옆에 있는 암벽과 붙을 정도로 가까이 있기도 하고, 또 어떤 때에는 암벽 쪽 다른 바위로 건너뛰기 힘들 정도로 멀찌감치 떨어져 있기도 한다고 전해져요.

진주 사람들은 이 바위가 암벽 쪽에 바싹 와 닿는 것을 걱정한다고 해요. 큰 전쟁이 일어날 때마다 그런 일이 벌어졌기 때문이에요.

가야는 고구려, 백제, 신라와 함께 우리나라의 고대 왕국 가운데 하나였어요. 철이 많이 생산되어 높은 수준의 문화를 이루었던 고대 왕국이었지요. 그런데 가야의 첫 번째 왕이었던 김수로왕은 인도의 공주였던 '허황옥'과 결혼했대요. 지금도 인도는 비행기를 타고 한참을 날아가야 하는 먼 곳이에요. 대체 어떻게 인도의 공주가 가야까지 올 수 있었을까요?

학자들은 허 황후가 인도에서 음력 5월에 배를 타고 왔을 것이라고 추측하고 있어요. 바닷속에는 물의 큰 흐름이 있는데 음력 5월 즈음이면 인도와 한반도 사이의 바닷길이 북쪽으로 이동하기 때문이지요.

또 한 가지 이상한 점은 갑자기 나타난 인도의 공주를 어떻게 황후로 맞이할 수 있었을까 하는 거예요. 생김새도 다르고 말도 잘 통하지 않는 외국의 공주가 황후가 되는 것을 백성들이 반겼을까요? 이에 대해서도 학자들은 인도와 가야 사이에 이미 무역이 활발히 이루어지고 있었을 거라고 추측하고 있어요. 인도와 가야가 자주 오가는 친한 나라였기 때문에 가야의 왕과 인도의 공주가 결혼할 수 있었을 거라는 이야기이지요.

알쏭달쏭 과학으로도 풀 수 없는 수수께끼

눈부시게 발전한 현대 과학으로도 도저히 풀 수 없는 수수께끼 같은 일들!
과학자들조차도 고개를 갸우뚱하게 만드는 그 신기한 이야기 속으로
여행을 떠나 볼까요?

고인돌에 새겨진 별자리

북한의 대동강 주위에는 200기가 넘는 고인돌이 있어요. 고인돌은 선사 시대에 마을의 족장이나 지도자가 죽으면 만들었던 무덤이지요. 그런데 놀라운 것은 이 고인돌들의 덮개돌 위에 밤하늘의 별자리가 나와 있다는 거예요.

가장 널리 알려진 것이 평안북도 용덕리의 고인돌인데, 여기에는 북극성을 중심으로 80여 개의 별자리가 새겨져 있어요. 지금으로부터 약 5000년 전인 고조선 시대에 만들어진 고인돌에 그때 평양의 하늘에서 관찰할 수 있었던 별자리의 모습이 나와 있는 것이지요. 현재 과학 기술로 만들어진 별자리 지도와 비교해도 거의 차이가 없을 만큼 정확성을 자랑한답니다.

고조선 시대에 이미 하늘의 별을 자세하게 관찰해서 고인돌에 새겨 넣을 만큼 우리 조상들이 높은 수준의 과학 기술을 가지고 있었다는 뜻이지요.

망원경도 없었던 그 시대에 대체 어떻게 별자리를 자세히 관찰할 수 있었을까요? 정말 신기한 일이에요.

전라남도 영암 월출산 구정봉의 마르지 않는 샘

전라남도 영암의 월출산에는 작은 웅덩이 아홉 개가 있는 바위인 구정봉이 있어요. 옛날 동차진이라는 사람이 이 바위에 올라와서 하늘을 향해 건방진 말을 늘어놓았다고 해요. 세상에서 자기가 가장 잘난 것처럼요. 그러자 하늘의 옥황상제가 번개를 내려 동차진을 혼내 주었다고 해요. 그때 번개가 아홉 번 내리친 자리가 지금의 작은 웅덩이가 되었다는 전설이 전해진답니다.

그런데 신기한 것은 이 아홉 개의 웅덩이에 항상 물이 고여 있다는 거예요. 바위 위에 고여 있는 물은 뜨거운 햇볕 아래 금방 바싹 말라 버리는 게 자연스런 현상이지요. 하지만 구정봉의 아홉 웅덩이는 아무리 더운 날에도 마르는 법이 없어요. 그렇다고 샘물처럼 물이 아래에서 솟아나오는 것도 아니에요. 구정봉 바위는 아주 평범한 바위거든요.

조선 시대에는 선비들이 구정봉의 아홉 웅덩이에 술잔을 띄워 놓고 시를 지으며 월출산의 아름다움을 노래했다고 해요. 지금도 월출산 구정봉에는 늘 등산객들이 오고가지요. 옛날이나 지금이나 구정봉의 웅덩이 물이 말랐다는 말은 나온 적이 없어요. 도대체 그 물은 어디에서 오는 것일까요?

오십 빛깔 우리 것 우리 얘기 35

수수께끼를 간직한 자연과 문화

초판 1쇄 인쇄 | 2011년 9월 8일
초판 1쇄 발행 | 2011년 9월 14일

글쓴이 | 우리누리
그린이 | 정소영

발행인 | 김우석
편집장 | 신수진
책임 편집 | 박경화
편집 | 최은정, 이정은
마케팅 | 공태훈, 김동현, 이진규

편집 진행 | 김혜영
디자인 | 디자인꾼
인쇄 | 성전기획

발행처 | 중앙북스
등록 | 2007년 2월 13일 제2-4561호
주소 | (100-732) 서울시 중구 순화동 2-6번지
편집문의 | (02)2000-6076
구입문의 | 1588-0950
팩스 | (02)2000-6174
홈페이지 | www.joongangbooks.co.kr

ⓒ 우리누리 2011

ISBN 978-89-278-0126-9 14800
      978-89-278-0092-7 14800(세트)